江苏凤凰文艺出版社
JIANGSU PHOENIX LITERATURE AND ART PUBLISHING, LTD

图书在版编目（CIP）数据

人间有味是清欢：苏东坡的诗词人生 / 吕远洋著.
— 南京：江苏凤凰文艺出版社，2018.5 （2023.5 重印）
ISBN 978-7-5594-1542-4

Ⅰ. ①人… Ⅱ. ①吕… Ⅲ. ①传记文学－中国－当代
Ⅳ. ①I25

中国版本图书馆 CIP 数据核字(2018)第 004657 号

书　　名	人间有味是清欢：苏东坡的诗词人生
著　　者	吕远洋
责任编辑	查品才
出版发行	江苏凤凰文艺出版社
出版社地址	南京市中央路 165 号，邮编：210009
出版社网址	http://www.jswenyi.com
印　　刷	江苏凤凰通达印刷有限公司
开　　本	880 毫米×1230 毫米 1/32
印　　张	7
字　　数	143 千字
版　　次	2018 年 5 月第 1 版　　2023 年 5 月第 7 次印刷
标准书号	ISBN 978-7-5594-1542-4
定　　价	38.00 元

（江苏凤凰文艺版图书凡印刷、装订错误可随时向承印厂调换）

目录

第六卷　旷达苏子（二）

第七卷　天才苏子

第一卷｜趣味苏子

明•董其昌仿古山水

/ 诗：众笑终不悔，施一当获千

马生本穷士，从我二十年。
日夜望我贵，求分买山钱。
我今反累生，借耕辍兹田。
刮毛龟背上，何时得成毡？
可怜马生痴，至今夸我贤。
众笑终不悔，施一当获千。

——《东坡八首》其八

林语堂说，苏东坡是个秉性难改的乐天派，是悲天悯人的道德家，是黎民百姓的好朋友，是散文作家，是新派的画家，是伟大的书法家，是酿酒的实验者，是工程师，是假道学的反对派，是瑜伽术的修炼者，是佛教徒，是士大夫，是皇帝的秘书，是心肠慈悲的法官，是政治上坚持己见者，是月下的漫步者，是诗人，是生性诙谐爱开玩笑的人。但这些都不足以勾绘出苏东坡的全貌。要想了解他，我们还是先从他的名字开始吧。

苏轼，字子瞻，号东坡居士。苏轼的弟弟名叫苏辙。兄弟二人的名字皆和车子有关，那么他们的名字究竟有什么内涵呢？苏轼的父亲苏洵曾专门写了《名二子说》一文，从苏轼、苏辙的名字说起，告诫他们做人的道理。

辐盖轸，皆有职乎车，而轼独无所为者。虽然，去轼则吾未见其完车也。轼乎，吾惧汝之不外饰也。天下之车，莫不由辙，而言车之功者，辙不与焉。虽然，车仆马毙，而患不及辙，是辙者，善处祸福之间也。辙乎，吾知免矣。（苏洵《名二子说》）

“轼”指的是车厢前面供扶手的横木，“辙”指的是车轮碾过的痕迹，也指道路。苏洵这段话的意思是说：车轮、车辐、车盖和车轸，都是车子的重要组成部分，而轼，只是车前用作搭手的横木，没有它，虽然看上去难看一点，但毕竟不影响车子的使用。苏东坡从小生性旷达，其父告诫他要像“轼”那样放低身段，而不要自以为是，锋芒毕露。天下的车莫不循辙而行，虽然论功劳，车辙是没份的，但如果车翻马毙，也怪不到辙的头上。苏辙性格平和，父亲为其取名“辙”，觉得这样很好，可以免祸。

知子莫如父，苏轼和苏辙兄弟俩日后的经历，果然印证了父亲这篇文中的担心。苏轼一生风波不断，主要的原因就是他性情率真，口无遮拦，不善于掩饰自己。但也正是因为这些特点，苏轼才得到了大家的喜爱和认可。

父亲为苏轼取名“轼”，字“子瞻”，是希望他说话做事要低调沉稳，而他自己自号“东坡居士”又是从何而来的呢？这个“东坡居士”和《东坡八首》有关系吗？

答案是肯定的。

“东坡居士”的来历要从白居易说起。白居易被贬谪忠州刺史时，曾作过一首《步东坡》：

朝上东坡步，夕上东坡步。
东坡何所爱，爱此新成树。

苏轼非常钦佩白居易，他常常在诗词中以白乐天自比。白居易被贬谪时，在东坡种花，而当时的苏轼恰好被贬谪黄州，穷得连吃饭都成问题。为了解决温饱，苏轼决定自己动手丰衣足食，后来地方政府给了苏轼五十亩废弃坡地。这五十亩贫地恰好在黄州城东门外，于是苏轼干脆自号“东坡居士”。

苏轼是被贬谪到黄州的，像他这样的犯官身份，朝廷是不提供住所的。如此，一家二十多口人住在哪呢？开始的时候，苏轼一家住在一个废弃的官府驿站里——林皋亭。这个地方破败不堪，潮湿闷热。后来苏轼在种地的东坡园中，修建了五间泥瓦农舍。房子在一个大雪纷飞的寒冬建成，苏轼将厅堂的四壁涂白如雪，起居坐卧所见俱为雪景，故将新居美名为“雪堂”。在黄州期间，苏轼在雪堂里完成了对《论语》《周易》的注释工作，实现了文人不朽的价值。

苏轼除了在雪堂里著书立说，还没忘记博览群书。据说，有一次他反复诵读杜牧的《阿房宫赋》，每读罢一遍就感慨叹息，一直到深夜还不停止。雪堂外两位奉命守候侍奉的老兵，为此深感不解。其中一位埋怨道：“总是念来念去，有什么好处？天这么晚了，外面又冷，还不睡觉！”另一位却说：“其中有两句还不错呢！我喜欢他念的‘天下之人不敢言而敢怒’！”苏轼的小儿子苏过在床上听见了这两人的对话，第二天他告诉父亲，苏轼听了放声大笑，说：“想不到这还是个有见识的人！”

人生在世要有丰富的精神生活，活着才有意义，尤其是当人身处逆境时，精神世界的富有更为重要。苏轼身处人生的低谷，却并没有自怨自艾，任时光流逝、岁月蹉跎，而是在贫穷困顿中实现了人生的不朽。

苏轼从考场奇才到谪居边荒的戴罪犯官，这样的人生落差太大了。到了黄州，苏轼担任的是黄州团练副使，还不得签书公事。黄州团练副使相当于今天的县级武装部副部长，而且还是没有实权的副部长。苏轼从朝廷的要员，沦落到这样的末位小官，精神上的打击除外，物质上的生活也得不到保障。按朝廷规定，像苏轼这样的犯官只有一份微薄的实物配给，没有正常的俸禄，再加上苏轼生性疏豪，没有积蓄，于是一家人的花销就成了问题。

没有什么问题能难倒苏轼，他发明了一种花钱方法。就是将每月的钱平均分成三十份，挂在屋梁上，每天拿一份使用，当天用剩余的钱另外存在一个竹筒里，作为待客的费用。这样下来，苏轼手中仅有的一点积蓄，竟然支持了他一年多时间。

一年后，苏轼和家人开荒种田也有了收获，解决了吃饭问题。但因为苏轼种的是大麦，吃多了不消化，他就将大麦和红豆掺在一起，称其为“二红饭”。到庄稼歉收的年份，饭不够吃，苏轼就勒紧裤腰带节食。为此他还写了篇《节饮食说》，作为养身补气的座右铭。文中说：

东坡居士自今以往，早晚饮食，不过一爵一肉，有尊客，盛馔则三之，可损不可增。有招我者，预以此告之。主人不从而过是，乃止。一曰安分以养福，二曰宽胃以养气，三曰省费以养财。

这段话的意思是：东坡居士今后，早晚只吃一杯酒一块肉，如果有客人来了，即使是摆盛宴，也不得超过三杯酒三块肉。如果有人请客，就事先向对方通报自己的吃饭原则。要是主人非要超过这个界限，那就干脆不去赴宴了。这样做的目的：一来可以安分养福，二来可以宽胃养气，三来可以省钱养财。

一个身罩紫袍、脚蹬皂靴的文人士大夫，为生活窘困换上了短衫芒鞋，和当地农民打成一片，过起了半耕半读的生活，且还将自己垦荒种田的事儿写成诗，这样的人自古除了陶渊明就只有苏轼了。面对困窘的生活状态，不得不节衣缩食，他不仅不以为耻，反而兴致勃勃地为此写文记载，并且还赋予高尚的目的，用“众笑终不悔，施一当获千”的态度面对。

为了纪念那段在东坡耕种的日子，苏轼自号“东坡居士”，且一直沿用下来，后世对“苏东坡”这个名字的熟悉程度，甚至超过了“苏子瞻”。从这首《东坡八首》诗中，我们是否读出了林语堂先生对苏东坡评价的一二之处呢？

/ 酒：世间万事真悠悠

真珠为浆玉为醴，六月田夫汗流泚。
不如春瓮自生香，蜂为耕耘花作米。
一日小沸鱼吐沫，二日眩转清光活。
三日开瓮香满城，快泻银瓶不须拨。
百钱一斗浓无声，甘露微浊醍醐清。
君不见南园采花蜂似雨，天教酿酒醉先生。
先生年来穷到骨，问人乞米何曾得。
世间万事真悠悠，蜜蜂大胜监河侯。

——《蜜酒歌》

史上好饮酒的文人很多，最著名的要数李白，号称“李白斗酒诗百篇”；三国曹植好饮酒，常酩酊大醉，甚至因饮酒误国事，但他的诗情却也因酒而洋洋洒洒，汪洋恣肆；晋陶渊明好饮酒，他是借饮酒来躲避当权者的迫害，曾作《饮酒》诗五首；就连女词人李清照也好饮酒，曾“东篱把酒黄昏后”……

看来适当饮酒是有助于写作者的文思的，但过度饮酒则会得不偿失。据说，李白是酒醉后到水边捞月亮，失足溺水而亡。苏东坡是大家公认的才情最类李白的人，他也好饮酒，但不善饮酒，说自己“吾少时望见酒杯而醉”。虽然苏东坡曾在酒风盛行的山东密州做过官，并留下过“明月几时有，把酒问青天”的豪迈诗句，但他依然不胜酒力。

大概是苏子不胜酒力的原因吧，因而他的饮酒观也很独特——饮酒不求酒量，但求酒趣。他反对烂醉，而主张“半酣”：“我饮不尽器，半酣味尤长”；“偶得酒中趣，空杯亦常持。”

苏东坡好客，特喜陪客饮酒：“见客举杯徐引，则予胸中为之浩浩焉，落落焉，酣适之味，乃过于客。”苏轼在杭州时写的《饮湖上初晴后雨》，就是和友人游览西湖，微醺之下落笔成诗的。其中的“欲把西湖比西子，淡妆浓抹总相宜”，已成为脍炙人口的佳句。他在杭州期间，醉饮望湖楼后，连写五首《六月二十七日望湖楼醉书》，描绘了西湖雨中即景，其中的一句“我本无家更安往，故乡无此好湖山”，表达了自己对杭州的喜爱之情。这五首诗中，最著名的要数第一首：

黑云翻墨未遮山，白雨跳珠乱入船。
卷地风来忽吹散，望湖楼下水如天。

望湖楼在杭州西湖湖畔，是吴越王钱俶所建，因苏轼这首诗中的一句“望湖楼下水如天”而闻名于世。苏轼在被贬黄州时，更是与友人酒后夜游赤壁，写下了千古名篇《前赤壁赋》。

苏轼一生诗、酒、禅、肉、茶，他酷爱饮酒，在他闲居时，高朋满座，“未尝一日无客，客至，未尝不置酒”。但在他被贬谪后，因当时“州酿既少，官酤又恶而贵”，生活的困窘容不得他再像从前那般潇洒，为了待客之需与节约之利，他就“闭门自酿”，学会自己酿酒。苏东坡《书东皋子传后》说：他此生“尤喜酿酒以饮客”，并体悟到“不饮而多酿酒，劳己以为人”之快慰。在酿造过程中，他提出了酿酒的哲学、原理、方法，造出蜜酒、桂酒、真一酒等。

据说苏东坡酿出的“真一酒”，大有王太驸马家“碧玉香”般奇绝，他还专门作《真一酒并引》诗，歌颂真一酒得稻麦阴阳之气，成为人间美酒。

桂酒则是苏东坡谪至惠州时，为了对付岭南瘴毒而酿造的。他崇道学仙，得到了道士传授的桂酒仙方，酿制成功。他也因常年服用桂酒，安然度过了瘴毒危险期。这里的桂酒不是桂花酒，而是用桂皮酿制成的酒。苏轼在他的《新酿桂酒》一诗中，写了酿酒方法。苏东坡酿成的桂酒色泽似玉，香味超然，备受友人赞赏。因为桂酒对养生有极大的好处，苏东坡又十分重视养生，所以他在诗、赋、颂、尺牍多处提到桂酒。

教他学会酿蜜酒的人是杨世昌。

杨世昌是苏轼的朋友。他是西蜀著名的道人，酷爱饮酒，长住绵竹县武都山。杨世昌听说苏轼谪居黄州后，就沿长江千里迢迢赶到黄州看望苏轼。他用南园的蜂蜜，酿造蜜酒，陪苏轼饮酒作诗。苏轼难忘这段友情，特作《蜜酒歌》以记其事，并在小序中写到：“西蜀人杨世昌，善作蜜酒，绝醇酽。余既得其方，作此歌以遗之。”

苏轼在这首《蜜酒歌》中，详细地记录了酿酒的过程，意思是说：第一天酿酒缸里的酒像小鱼一样吐泡泡，第二天酒液清澈光亮，第三天打开酒缸居然闻到了酒香。你看南园中的蜂蜜像雨点一样浓密，看来这是要醉倒我呀！

苏轼的诗中反复出现了蜂蜜、采花，让人不饮自醉。既然是蜂蜜酿出来的酒，一定是甘醇无比。但实际上，苏轼的酒酿出来后，不仅不甜蜜，喝下去反而腹泻，一时传为朋友之间的笑谈。有人问苏轼的儿子苏迈和苏过，这究竟是怎么回事呢？到底是杨世昌的酿酒秘方出现了问题，还是苏轼酿酒的工艺有问题？他的两个儿子听后忍不住大笑，说他们的父亲在黄州只酿过一次蜜酒，那一次酿出来的酒和药酒味道差不多，不仅不甜蜜，反而是苦的。

苏东坡曾赞蜜酒为“不如蜜酒无燠寒，冬不加甜夏不酸”，现在酿出来的不是蜜酒而是“泻药”。想来，杨世昌提供的酿蜜酒秘方应该不会有错，或许是苏轼第一次学习酿蜜酒，心情未免急躁些，一定是这当中的哪一道程序出了差错。

虽然苏轼第一次酿造蜜酒失败了，但他是个肯钻研、爱反思的人，就冲着他爱好饮酒、好酒待客的性情，也必定会总结经验，直至酿造成功。

且不说苏轼做事的认真执着，在他处于人生的低谷期，还能有如此的心性垦荒造田、品茗佳酿，已是难能可贵。没有吃的，他自己种；没有住的，他自己建；没有饮的，他自己酿。尽管朝廷待他不公，但他没有被厄运打垮，反而用更积极的心态面对，笑傲人生。

或许有人认为，一个考场奇才，一个朝廷要员，成了被贬蛮荒的末等小吏，生活贫困得连饭都吃不饱，太有失体面。其实，苏轼的可贵之处就在这里。他能放下士大夫的体面，和当地的农民们竹杖芒鞋，一起耕种田亩；谈笑间没有鸿儒往来，他就和当地的农民交朋友。尽管命运不公，但这从没影响他对生活的热爱。无论境遇多么艰难，他都能放下身段，自食其力。为官一任，他都能造福一方百姓。

这首《蜜酒歌》记载的虽是他贬谪生活中的一件小事，但从中我们却可以读出他的旷达和洒脱。何为贵族精神？我想苏东坡已经为我们做出了诠释。

/ 禅：只缘身在此山中

横看成岭侧成峰，远近高低各不同。

不识庐山真面目，只缘身在此山中。

——《题西林壁》

苏轼一生诗、酒、禅、肉、茶，他与佛教的渊源颇深。在他的朋友之中，有不少是得道的高僧。民间流传最多的要数他和佛印之间的故事。佛印是个智慧的高僧，苏东坡生性诙谐，总喜欢调侃这个老朋友，可是每次捉弄都是以苏东坡斗败为结局。虽然如此，却并不影响苏东坡在人们心目中的形象，人们却因此更加喜爱他。因为只有这样的苏东坡才更有生活的气息，更有生活的情趣。

有一次苏东坡与佛印一起坐禅，他问佛印："禅师，你看我坐禅的样子如何？"佛印看了一下苏东坡，点头赞道："像一尊佛。"苏东坡听了非常高兴。佛印随口也问他："你看我的坐姿如何？"苏东坡有意想调侃佛印，就说："像一坨粪！"佛印听了并不生气，只是置之一笑。

苏东坡回家后，高兴地告诉苏小妹说："我今天赢了佛印禅师！"苏小妹颇不以为然地说："禅师的心中有佛，所以才看你如佛；你心中有粪，所以才视禅师为粪。今天输的人其实是你呀！"听了苏小妹的一番解释，苏东坡才恍然大悟。

这个故事不足为信，因为历史上并没有苏小妹这个人物。"唐宋八大家”，苏氏一门就占了三人，可见苏家人的才情之高。苏轼才高，性情率真活泼，人们为了表达对苏氏父子的喜爱，便杜撰出一个苏小妹，来完成他们人生的轻喜。确实，有了这个虚构的苏小妹存在，苏东坡的故事便更加为人们所津津乐道。

历史上没有苏小妹这个人物，但佛印是确确实实存在的。据说有一次苏东坡吃鱼，吃了一半听报佛印来了。因为鱼吃了一半，对于待客之礼来说是不周到的，于是苏东坡赶忙将鱼藏到书柜上面。苏东坡的窘态，早被躲在窗外的佛印看见了。他想调侃戏弄一下苏东坡。佛印问苏东坡：“你姓苏的苏字怎么写法？”佛印学识渊博，不至于“苏”不会写，所以苏东坡听了佛印的话，知道一定有名堂，但又不知道他葫芦里卖的是什么药，就装作认真地回答：“苏字嘛，上面一个草字头，下面左边一个鱼字，右边一个禾字。”佛印也假装糊涂地问：“那把鱼放到草字头上边呢？”苏东坡急忙说：“哎呀，那可不行呀！”佛印哈哈大笑说：“好啊！你说把鱼放到上面不行，那就把鱼拿下来吧！”苏东坡一下子醒悟过来！佛印说来说去，就是要吃他的那盘鱼。

这只是民间流传的苏东坡和佛印的两则趣闻轶事，史书记载，苏东坡也是非常爱好参禅悟道的。“禅机”并非人人能悟，悟禅的人首先要是内心极清静，再就是要有非同寻常的智慧。苏子内心纯净善良，悟性又极高，因而在他的诗文之中，常有不同凡响的禅语。

这首《题西林壁》是大家耳熟能详的一首哲理诗。写这首诗时苏轼正由黄州贬赴汝州任团练副使，途经九江时，他游览了庐山。

庐山风景秀丽，历来是文人所描绘诉怀的对象。诸如李白的《望庐山瀑布》：

日照香炉生紫烟，遥看瀑布挂前川。
飞流直下三千尺，疑是银河落九天。

苏轼的心情虽然处于贬谪的郁闷之中，但庐山瑰丽的山水触发了他的逸兴壮思，于是他写下了若干首庐山记游诗。《题西林壁》是他游观庐山后的总结。他生动地描写了庐山变化多姿的面貌，并借景说理，指出观察问题应客观全面，如果主观片面，就得不出正确的结论。

开头两句“横看成岭侧成峰，远近高低各不同”是写实，他用短短的十四个字写出了游山所见。庐山丘壑纵横、峰峦起伏，游人所处的位置不同，看到的景物也各不相同。庐山的移步换形、千姿百态的风景，因这两句诗而更加形象生动。

后两句“不识庐山真面目，只缘身在此山中”，是即景说理，谈游山的体会，是写庐山的千古名句。历来诗人写的都是庐山风景的秀丽，就连诗仙李白也不例外。只有苏东坡游览了庐山后，悟出了其中高深的禅理。是呀，从不同的方向看，看到的总是不一样的庐山。为什么庐山是这样的千姿百态，让人难以辨认它的真实面目呢？因为我们身在庐山之中，视野为庐山的峰峦所局限，看到的只能是庐山的一峰、一岭、一丘、一壑，我们的视野所能见的只是庐山的局部而已，这必然带有片面性。游山所见如此，观察世间事物也常如此。

这两句诗有着丰富的内涵，而这样的内涵并不是人人都能领悟到的。纵观苏东坡的人生，他起先反对王安石变法，是因为他看清了王安石变法太过于激进。社会制度的变革不是一朝一夕能改变，有一个适应的过程。太过于激进，必然会引发许多弊端。事情果然如苏轼所料，大量的政治投机之徒，混入了变法队伍，他们利用制度的漏洞，中饱私囊，导致百姓疾苦愈发深重，以致王安石变法失败。

王安石下野后，保守派司马光执政。这时苏轼又反对司马光全部废除新法，因为苏轼看清了北宋政权的利弊，他清楚地知道，要想国富民强必须要变法。王安石变法本身没有错，错在太过激进，用人失误。国家要想强大，要遵循变法的内容，但要徐徐图之，而不是全盘否定。可惜，等司马光发现自己全盘否定变法的错误时，已经太迟了。

苏轼一生遭贬谪都是因为变法。他反对变法遭贬谪，后来他的同党执政时，他又遭到了更残酷的流放，他被流放到遥远的蛮荒之地海南，几乎没能生还中原。而这一切皆是因为苏轼有个无比清醒的头脑，他能看得清事物的利弊，唯独将自己的生死荣辱置之度外。但这正是苏东坡的可贵之处，也是千年来人们热爱他的缘故。

苏轼的这首《题西林壁》告诉我们一个哲理：由于每个人所处的位置不同，看问题的出发点不同，对客观事物的认识难免有一定的片面性；要认识事物的真相与全貌，必须超越狭小的范围，摆脱主观成见。

苏轼的这首诗广为人们传诵，可惜以司马光为首的保守派们，并没有能领悟他诗中的哲理。他们在全盘废除新法后，完全陷入了党争之中，欲把苏轼置之死地而后快。

苏轼一生融儒、释、道为一体，他能领悟佛的禅机，能做到道家的超脱，却难以放下儒家的入世。在政治上屡遭打击后，他在《临江仙》中写道："长恨此身非我有，何时忘却营营？"转念他又想"小舟从此逝，江海寄余生"。

佛家悟禅，能放下一切身外之物，故能四大皆空；苏轼悟到了禅机，可惜他放不下，故苏轼一生为聪明所累。

禅是深刻的哲理。

如果人生没有苦难，我们更愿意看到的是那个和佛印调侃打趣，充满喜剧的苏东坡。

/ 肉：饱得自家君莫管

洗净锅，少著水，柴头罨烟焰不起。
待它自熟莫催它，火候足时它自美。
黄州好猪肉，价贱如泥土。
贵者不肯吃，贫者不解煮。
早晨起来打两碗，饱得自家君莫管。

——《猪肉颂》

苏东坡不仅是个大文学家、书画家，还是个地地道道的美食家。苏东坡一生曾任江浙，密州、黄州、惠州，南粤等地的地方官，每到一处，他都尝遍了各地佳肴美馔，写过许多反映美食文化的诗文。就是现在，我们每到一个地方旅游，往往也都会接触到以“东坡”为品牌的食品，诸如“东坡肉”“东坡饼”等。

苏轼的母亲程夫人不仅是位懂得《汉书》的才女，还很擅长烹饪。在母亲的熏陶下，苏东坡打小就有了一项爱好——烹饪。

据宋代周紫芝《竹坡诗话》记载：苏东坡因“乌台诗案”被贬谪到黄州，做了个“团练副使”的挂名小官。当时苏东坡是个戴罪的犯官，没有俸禄，家里二十几口人的开销很成问题。于是苏东坡就自给自足，在黄州城东门外开荒种田。苏东坡是个美食家，哪怕生活再贫困，他也能变废为宝找到乐趣。他发现黄州市面猪肉很贱，很少有人吃，因为富有的人家不屑于吃猪肉，而贫苦的人家不会做。于是苏东坡就乐得常常买几斤回来亲自烹调，他根据母亲传授给他的烹饪经验，自己加以改进后，猪肉做得色香味俱全，一家人吃得津津有味。为此，苏东坡还作了一首《猪肉颂》。

这首诗以通俗诙谐的笔调，介绍了煮肉的经验。寥寥几笔，让人如闻肉香，禁不住要流口水。后来苏东坡的这首诗很快流传开来，当地人争相效仿，如法炮制他的煮肉方法，并把这道菜戏称为“东坡肉”。在黄州期间，“东坡肉”帮苏轼全家度过了饮食的难关。后来，“东坡肉”的制作方法不断改进，一直流传至今。

苏东坡将猪肉不只是红烧，还有另外一种清汤的做法，就是将他情有独钟的竹笋和猪肉一起煮。在一次和朋友的美食派对上，苏东坡信手写下了一首打油诗：“无竹令人俗，无肉使人瘦。不俗又不瘦，竹笋焖猪肉”。

苏东坡在黄州期间还发明了一种羹，叫“东坡羹”。并写有《东坡羹颂》一文：

东坡羹，盖东坡居士所煮菜羹也。不用鱼肉五味，有自然之甘。其法以菘若蔓菁、若芦菔、若荠，揉洗数过，去辛苦汁。先以生油少许涂釜。缘及一瓷碗，下菜沸汤中。入生米为糁，及少生姜，以油碗覆之，不得触，触则生油气，至熟不除。

说白了，苏东坡的“东坡羹”做法，类似于今天的“盖浇饭”，做到饭菜合一，简单实惠。苏轼把它介绍给自己的那些和尚、道士朋友，备受欢迎。

苏东坡在黄州期间，和四邻关系非常融洽。苏东坡曾在《东坡八首》其七中称赞他们的友情：

家有一亩竹，无时容叩门。
我穷交旧绝，三子独见存。

正因为苏东坡和四邻关系密切，所以才会有许多的趣事逸闻。据说，有一次他在刘监仓家吃糕饼，只觉得饼很酥脆，味道很好，就随口问："这饼叫什么名字呀？"刘监仓自家做的饼，哪里会顾得上取什么文里文乎的名字呢？就回答没有名字。苏轼立刻说："那好，这饼干脆就叫'为甚酥'吧。"

苏轼在潘攽家饮酒，觉得酒的味道有点酸，就很直率地对主人说："你这酒肯定是做醋放错水了吧？这酒干脆就叫'醋著水（放错水）'吧。"

有一天，苏轼带着全家人在外郊游，野炊时却没有东西吃，就给刘监仓写了首诗：

野饮花间百物无，腰间惟系一葫芦。
已倾潘子错著水，更觅君家为甚酥。

意思是说，我在乡野花间饮酒，没有吃的，只有手杖上挂着的一个酒葫芦。已经痛饮了潘邠家的“错著水”，现在想吃你家的“为甚酥”呢。

苏东坡和黄州安国寺的大和尚参寥是好朋友，他经常去安国寺，同参寥喝茶聊天，参禅说佛。参寥有一手制作酥食点心的好手艺，据说苏东坡索要“为甚酥”这件事传到参寥那里后，每当他知道苏东坡要去安国寺，就会事先做好油酥饼等他。可是有一回，他做好油酥饼，苏东坡偏偏没有去。油酥饼放时间长了，就会由脆变软，不酥不香，很不好吃。等苏东坡再上安国寺去时，参寥端出搁久了的油酥饼说：“等你不来，饼都不脆了！”

苏东坡看了看，想到饼就这样浪费了很可惜，就想能不能制作一种又好吃又能存放的油酥饼。于是，苏东坡设计了一种“千层饼”，参寥试做成功了。这种饼，用上等细面粉做成蟠龙状，用香麻油煎炸，片片如薄丝，然后撒上雪花白糖，吃起来香、甜、酥、脆，搁上十天半月也不变味。后人为了纪念苏东坡，就将这种饼叫做“东坡饼”。

苏轼被贬谪黄州后不久，王安石变法失败，宋神宗驾崩，因继承皇位的宋哲宗年幼，于是高太后当权辅政。由于高太后维护保守派，所以她重新启用司马光为宰相，召苏东坡回京，任礼部尚书。

司马光执政后，全面废除了王安石新法。曾被王安石等视作保守派且被流放的苏东坡，这时却站出来仗义执言，提出了要坚持新法中合理措施的提议。这次他又被他曾经的同党们视为变法派，在朝堂之上，苏东坡备受诋毁。幸而高太后对他赏识有加，极力袒护他，苏东坡才得以保身。有了上一次遭受政治打击的教训，苏东坡意识到久居朝堂不是一个长久之计，于是他多次向太后请求外放流官。公元1089年，热爱自由、崇尚洒脱的苏东坡，终于如愿以偿又一次来到杭州，出任太守。

当时的西湖，每到汛期就会泛滥，于是苏东坡就率领民众清淤疏浚并修缮湖堤。这道堤坝被后人称之为“苏堤”。苏堤的建成，宛如西湖明眸上的一道秀眉，它不仅使当地人们鱼米丰盛，同时也成为西湖上一道靓丽的风景。

为了犒赏参加工程的民众，苏东坡就用他在黄州发明的红烧肉来宴请大家。在这次大宴中，“东坡肉”蜚声四海。于是脱离朝堂回到民众中的苏东坡，顷刻间就成了一个品牌。他在黄州创造或仿制的美食，被人们称作了“东坡肉”“东坡羹”“东坡饼”，就连他常戴的帽子也被冠以“子瞻帽”。

其实“东坡肉”是苏东坡在徐州时首创的，在黄州时完善。当年苏轼出任徐州太守时，适逢黄河决口，苏轼身先士卒带领百姓抢险抗灾。经历七十个昼夜后，终于战胜水灾。徐州百姓满城庆祝，纷纷杀猪宰羊来慰劳自己的父母官。苏轼推辞不掉，就把猪肉按四川老家的做法，炖好回赠给参与抗灾的百姓。大家都觉得此肉肥而不腻、酥香味美，一致称其为“回赠肉”。

热爱美食的人，一定是一个有情趣的人；擅长美食的人，一定是一个热爱生活的人；能将美食以文记之的人，一定是个大雅之人。所以苏东坡这样一位“上可陪玉皇大帝，下可陪卑田院乞儿”的男子，是一个有情趣的、热爱生活的大雅之人。

人生多悲苦，世事多沧桑，在这凉薄的世界里，苏东坡让我们备觉温暖。他的才情和技艺，深深地感染着我们。一碗“东坡肉”，承载的何止是我们对苏东坡这个大文豪的喜爱之情呀，更多的是对他的无尽怀念！

/ 茶：从来佳茗似佳人

仙山灵草湿行云，洗温香肌粉末匀。
明月来投玉川子，清风吹破武林春。
要知冰雪心肠好，不是膏油首面新。
戏作小诗君勿笑，从来佳茗似佳人。

——《次韵曹辅寄壑源试焙新芽》

闲时喜欢泡一盏新茶，听一曲古韵，看翠绿的茶叶在水中由蜷曲到舒展。看久了它氤氲在水中的姿态，有时会恍惚是百花仙子在九天瑶池翩翩起舞。想起苏轼的一句诗："从来佳茗似佳人。"相信很多人会为这个比喻拍案叫绝。自从有了茶以来，关于茶的比喻举不胜举，而第一个把茶比作"佳人"的当属苏东坡。

擅品茶者大多是品性高洁之人，只有内心宁静的人才能品出茶的三昧。邂逅一杯香茗，宛若邂逅一位令人赏心悦目的佳人，其中的韵味，需一品再品，其香气绕舌，三日而不能忘。

梅妻鹤子的林逋，他的一句"疏影横斜水清浅，暗香浮动月黄昏"，被誉为咏梅绝唱。林逋之所以能写出梅不同凡响的仙姿，是因为他把梅当做人来爱。因此，能写出"从来佳茗似佳人"的人，一定也是把茶当做人来爱的，并且他的内心一定是一个纯净如水的人。是的，苏东坡就是这样的品行高洁的爱茶之人。

苏东坡种茶、煮茶、品茶，是个茶艺高手。在他被贬谪黄州时，没有收入来源，连吃饭都成问题，于是他在黄州城东门外开垦了一块荒地。就在这样缺吃少住的情况下，苏东坡还不忘种茶。他在“东坡”这块荒地上，种上了自己喜爱的茶树。《问大冶长者乞桃花茶栽东坡》诗云：

周时记苦茶，茗饮出近世。
初缘厌粱肉，假此雪错滞。
嗟我五亩园，桑麦苦蒙翳。
不令寸地闲，更乞茶子艺。
饥寒未知免，已作太饱计。
庶将通有无，农末不相戾。
春来冻地裂，紫笋森已锐。
牛羊烦呵叱，筐筥未敢睨。
江南老道人，齿发日夜逝。
他年雪堂品，尚记桃花裔。

他在这首诗中，展示了自己种茶的本事。在另外一首《水调歌头》中，记述了采茶、制茶、点茶、品茶时的全过程，颇为生动传神。

已过几番风雨，前夜一声雷，旗枪争战，建溪春色占先魁。采取枝头雀舌，带露和烟捣碎，结就紫云堆。轻动黄金碾，飞起绿尘埃。

老龙团、真凤髓，点将来，兔豪盏里，霎时滋味舌头回。唤醒青州从事，战退睡魔百万，梦不到阳台。两腋清风起，我欲上蓬莱。

苏东坡的生活离不开茶，茶充实了他的精神生活，他视茶为仙境妙地，而寄托身心沉醉于斯。“两腋清风起，我欲上蓬莱。”写出了他饮茶后神清气爽，飘飘欲仙的感觉，十分令人神往。

苏东坡睡前、起身时都要喝茶，《留别金山宝觉圆通二长老》中记载道：“沐罢巾冠快晚凉，睡余齿颊带茶香。”《越州张中舍寿乐堂》中说：“春浓睡足午窗明，想见新茶如泼乳。”

茶能醒脑明目，因而苏东坡每到阅读写作时都要喝茶。“皓白生瓯面，堪称雪见羞。东坡调诗腹，今夜睡应休。”甚至他连做梦都要喝茶。有诗记载：

十二月二十五日，大雪始晴。梦人以雪水烹小团茶，使美人歌以饮。余梦中为作《回文》诗，觉而记其一句云：“乱点余花唾碧衫。”意用飞燕唾花故事也。乃续之，为二绝句云。

其一

酡颜玉盏捧纤纤，乱点余花唾碧衫。
歌咽水云凝静院，梦惊松雪落空岩。

其二

空花落尽酒倾缸，日上山融雪涨江。

红焙浅瓯新火活，龙团小碾斗晴窗。

苏东坡日常生活起居离不开茶，可见茶是他生活中不可缺少的一部分。因为他不断被贬谪，所以能走遍大江南北，从而得以品尝到天下名茶。苏东坡作诗随性，他将茶艺、茶趣融入诗中，后人读了他的咏茶诗，如身临其境，仿佛和苏子一同神游于山水之间，品茗于松竹之下。他在《试院煎茶》中写道：

蟹眼已过鱼眼生，飕飕欲作松风鸣。
蒙茸出磨细珠落，眩转绕瓯飞雪轻。
银瓶泻汤夸第一，未识故人煎水意。
（古语云：煎水不煎茶。）
君不见，昔时李生好客手自煎，贵从活火发新泉；
又不见，今时潞公煎茶学西蜀，定州花瓷琢红玉。
我今贫病长苦饥，分无玉碗捧蛾眉。
且学公家作茗饮，砖炉石铫行相随。
不用撑肠拄腹文字五千卷，但愿一瓯常及睡足日高时。

《试院煎茶》是苏东坡任杭州通判时作的，这首诗将茶事、人事融为一体，描写了碾茶、投茶过程。最后三句写得情思婉转，吟哦蕴藉，哀而不伤，怨而不怒，感动人心。

苏东坡种茶、饮茶、写茶诗，在民间还流传着他和茶有关的许多故事。有一种“东坡翠竹”茶，外形扁平直滑，两端尖细，形似竹叶，叶绿均匀。汤色碧绿，味甘醇鲜，入口香馥如兰，素有“色绿、香郁、味醇、形美”四绝之美誉。据说这种茶就是因苏东坡而得名。

话说苏东坡刚移居常州时，途中看到有一座山坡满是郁郁葱葱的茶树，当他得知唐朝的“阳羡贡茶”即产于此地时，心中不由得大喜，当即就采摘了一大包鲜叶。回去之后，他精心地煎、揉、焙、凉、晒，将鲜叶制作成上品茶叶，然后请来自己的学生邵民瞻一同品尝。

邵民瞻品茗之后，顿觉味美甘甜，沁人心脾。他连呼“好茶！好茶！大有先生所言‘何须魏帝一丸药，且尽卢仝七碗茶’之妙意也”。邵民瞻端起茶碗细看，发现茶汤不仅色鲜如新，且茶叶不沉不浮，竖立于汤中，叶也不散，形状如节节翠竹。邵民瞻顷刻间大悟，惊喜地说：“此茶形、色、味都远胜于唐时‘阳羡贡茶’，不如将它取名为‘东坡翠竹’以享后人，这不也是一件功德吗？”从此，“东坡翠竹”便流传于后世。

苏东坡不仅写茶诗，还作有关茶的散文。自唐朝陆羽《茶经》问世以来，苏东坡的《叶嘉传》可以说也是一篇研究中国古代茶史的重要文献。这篇散文以拟人手法，形象地称颂了闽茶历史、功效、品质和制作等各方面的特色。

品茶有“三绝”之说，即茶美、水美、壶美。苏东坡是品茗行家，他对于茶叶、水质、器具、煎法，十分讲究，也颇精妙，有他自己独特的方法。“水为茶之母，壶是茶之父。”苏东坡对烹茶用具很讲究，在宜兴时，他亲自设计了一种提梁式紫砂壶，壶上题有

“松风竹炉，提壶相呼”的诗句。这种壶被命名为“东坡壶”。

如此看来，苏东坡和茶渊源深厚。

自古禅、茶一家，苏东坡爱品茶，好参禅，如果说人生是一杯茶，那么茶道精神一定溶入了苏子的生命。苏东坡一生坎坷，颠沛流离中他不抱怨，不消沉，从不拘泥小节，也从不计较得失。苦难没有使他萎靡狭隘，反而越来越澄明豁达，他在人生的低谷时，完成了生命的不朽诗篇。正因如此，他的生命之茶才散发出独具魅力的芬芳。

“从来佳茗似佳人”，只有将茶溶入生命的人，才会将佳茗品出佳人的味道!

第二卷 | 多情苏子（一）

清•石涛山水人物

/ 王弗：十年生死两茫茫

十年生死两茫茫。不思量，自难忘。千里孤坟，无处话凄凉。纵使相逢应不识，尘满面，鬓如霜。

夜来幽梦忽还乡。小轩窗，正梳妆。相顾无言，惟有泪千行。料得年年断肠处，明月夜，短松冈。

——《江城子》

这首《江城子》是苏轼写给亡妻王弗的悼亡词，写这首词时，苏轼已娶继配王弗的堂妹王闰之六年。王弗逝后十年的正月二十，苏轼梦魂相扰、不忘旧人。可见他与王弗伉俪情深，非同一般。

据说，王弗博闻强记，每当苏轼偶有遗漏时，她必能在旁提醒二三。苏轼性旷达豪迈，王弗性沉静谨慎。传说，苏东坡每有客人来访，王弗必躲在屏风后面屏息静听。在礼法森严的宋朝，苏子能如此待妻，一则说明王氏颇有才学，二则说明他们夫妻恩爱情深，三则说明苏子性情豁达开放。

苏轼性旷达，对人不设防，谈话至高兴处，难免口无遮拦。王氏谨言慎行，事后必能温言指点出苏子的疏漏不妥之处。苏轼早年仕途青云，与这位贤妻的辅佐是密不可分的。就是苏轼的父亲苏洵，对这个聪明贤惠的儿媳，也是十分中意。因而，王弗死后，归葬于苏家祖坟，安葬在苏轼母亲的坟旁，可见苏家待王弗的感情非同小可。

苏轼中年仕途坎坷，连遭贬谪。当年他写这首词时，已被贬谪山东密州。人生失意，恰逢亡妻十年祭相逢于梦中，怎能不感慨万千。

初读此词是多年前的事，那时我的祖母新亡，我陷入对祖母的哀思之中，不可自拔。只读词的第一句“十年生死两茫茫”就已泪落如雨，唏嘘不已。没有感同身受的人，是怎么也体会不到苏轼对亡妻真挚、朴素的缅怀之情的。

“十年生死两茫茫，不思量，自难忘。千里孤坟，无处话凄凉。纵使相逢应不识，尘满面，鬓染霜。”词的上阕写的是现实，“十年生死”是实指十年。苏轼写此词时，王氏逝去正好十年整。“两茫茫”是指自己与亡妻阴阳两相隔，看不见、摸不着，只有在心里默默怀念。这种情感，宛若水中月、镜中花，只能平添几许相思、几许惆怅。倘若活着分手，即使山长水阔、世事茫然，也还有再相见的希望和机会。可现在呢？隔着生死界限，空有一腔思念，也只能等到黄泉路上再相见。

“结发为夫妻，恩爱两不移。”一对恩爱情侣，情深却不寿。在这十年的世事风烟里，苏轼因反对王安石变法，政治上遭到排挤压制。他满腔悲愤被贬密州，生活困顿窘迫。人生境遇越是艰难，越是难忘过去的美好生活。与王氏那些美好的生活点滴，一直珍藏在苏轼内心一个无比温柔的角落，因而他说“不思量，自难忘”。

“千里孤坟，无处话凄凉。”王氏坟墓在四川眉山，而自己远隔千里，在山东密州。仕途的不如意、夫妻间的体己话，因空间的距离，无法到亡妻坟前向她倾诉。而对方，也因隔着无法逾越的生死距离，再也不能像生前那样，给自己以温暖的慰藉，所以说是“千里孤坟，无处话凄凉”。

“纵使相逢应不识，尘满面，鬓如霜。”这句话是苏轼的幻想和假设。时隔十年，爱妻永远定格在二十七岁的青春年华，而自己已经四十岁了，已经历了十年的人生风雨、政治打击，以及一连串的不如意。

人事沧桑，岁月的风霜吹皱了曾经年轻的脸庞，时光也无情地染白了两鬓的青丝。假若爱妻能起死回生，她怎么能认出眼前这个衰老、落魄的人，就是当年风华正茂、风流倜傥的夫君呢?

“纵使相逢”，苏轼用了一个不可能的假设，表明了他的感情是深沉而又悲痛的，表现了他对王氏深切的怀念之情。他用白描的手法，描摹了自己“尘满面，鬓如霜”的形象，更加烘托出词境的悲凉。

“夜来幽梦忽还乡，小轩窗，正梳妆。”生死两茫茫，想要再见，只能在梦中相逢。在深切的怀念之中，作者的思绪忽忽悠悠地乘着梦的翅膀，回到了故乡。亡妻正如生前那样，坐在窗口的梳妆台前精心地梳妆，留给作者一个温馨、优雅的背影。

原来苏轼“自难忘”的是这些生活的点滴，是亡妻生前梳妆的一幅美丽剪影。爱一个人的深度和厚度，往往体现在生活的细节当中，一个低眉、一个莞尔，他为她的云鬓斜插一支玉簪，她为他整理好衣衫的皱褶……

“小轩窗，正梳妆。”留给苏轼的是“剪不断、理还乱”的怀念，留给读者的是无尽的想象空间，读者可以根据自己的喜好，想象一个温柔美丽、端庄聪明的王弗。

“相顾无言，惟有泪千行。”按理说，久别重逢应该是惊喜才对。离别十年，有多少知心话要说，有多少深情要诉。而苏轼和王弗梦中相见却是，你看着我、我看着你，一句话也说不出，只有彼此的眼泪簌簌往下落。此时无声胜有声！“泪千行”是夸张手法，形容眼泪之多，也表明了王弗是苏东坡的心灵知己。她明白苏轼十年的遭遇，她怜惜他，她疼爱他，她为他揪心，但生死相隔，她无法为他分担。

他们心心相印，息息相通，哪怕隔着厚厚的黄土，她也能直通他的心意。所以，无需言语，她已明白他的一切。想要给对方温暖的慰藉，一时话却又无从说起，因而他们只有“相顾无言，惟有泪千行”，一切尽在不言中！

“料得年年肠断处，明月夜，短松岗。”是梦，总有醒的时候，梦醒之时，才发觉一切皆是虚幻。只有脸上阑干的泪痕，说明了彼此曾经在梦中相逢。“料得年年肠断处”和“十年生死两茫茫”首尾呼应。这里的断肠人，应该指的是王弗和苏轼两人。

据说，王弗坟前栽种的是香樟树，而非短松。苏轼喜欢用明月表达美好的事物和感情，因而有人推断出，短松岗是苏轼和王弗相会的地方。这句词是苏轼梦醒过后，回到现实的感慨。他料想，长眠在地下的亡妻，也应该和自己一样眷念着人世，难舍亲人，只想得柔肠寸断吧！

苏轼一生为情所重，也多情宽厚。他爱王弗，爱得如此旷达，九曲柔肠，因而，他能亲手在王弗坟前栽种万顷松涛；他爱王弗，爱得百转千回，因而，在王弗逝后十年，仍旧不忘她“小轩窗，正梳妆”的剪影；他爱王弗，爱到无需言语表达的默契，超越了卿卿我我，因而能“相顾无言，惟有泪千行”。

每个人都是生命的匆匆过客，谁也无法料定，谁就能陪伴谁从开始到终了。我们无法逃脱宿命的安排。一个人为另一人守，是在心里为之留一席之地，无人可比，无人可代替。如此，爱便如舍利，金贵完满！滚滚红尘，如苏子般多情男子，能有几何？

/ 王闰之：只与离人照断肠

春庭月午，摇荡香醪光欲舞。步转回廊，半落梅花婉娩香。

轻云薄雾，总是少年行乐处。不似秋光，只与离人照断肠。

——《减字木兰花·春月》

这首词是元祐七年（1092年）苏轼任颍州知府时作的。那一年春夜，月色鲜霁，堂前梅花竞相怒放，梅花沐浴着溶溶的月色，竟似冰雕玉琢那般美艳。王闰之深深地了解苏轼的脾性，就对他说："春月色胜于秋月色，秋月令人惨凄，春月令人和悦。何不邀几个朋友来，饮此花下？"

苏东坡的第一任夫人王弗，性情谨慎，强记博闻，常常能指出苏轼诗文中疏漏之处。每当家中有客来往时，她还会躲在屏风后，指点苏轼一二。王弗的聪敏机警，赢得了苏轼的敬爱，就连苏轼那苛刻的老爹，对王弗这个儿媳也是赞赏有加。

王弗死后，苏轼续娶她的堂妹王闰之。她们俩虽然是姐妹，但是性情却不同。王闰之性情朴实，温柔坚韧，她陪苏轼走过二十五年跌宕起伏的人生。她平时很少参与苏轼的诗文活动，今天能有如此的兴致，苏轼当然很高兴。他兴奋地说："我不知道夫人原来是位诗人，方才你讲的这番话，真是诗的语言哪！"于是，苏轼邀来几位朋友，在梅花树下饮酒赏月，并取王闰之的语意，填写了这首

《减字木兰花》。

春夜月光清朗，照得庭院清亮如洗。诗人和朋友赵德麟在庭院中，沐着银色的月光，对月饮酒。月光在摇荡的美酒上闪烁不定，好似在翩然起舞。走过回廊，已经半落的梅花散发出沁人心脾的幽香。轻风吹拂、薄雾笼罩的春月，所照之处都是少年行乐的地方。哪像那秋天的月光，照着孤独的远行人，使人倍感凄凉。

在这首词中，苏轼把月光斟进自己的酒杯里，让我们与他一起分享美酒的清冽和芬芳。梅花的幽香袭来，我们的意念不禁随着词人一起陶醉在这优美安谧的境界之中。最后词人以其夫人关于月色的议论作结。

我认为苏东坡之所以用王闰之的语意结尾，除了觉得这样富有诗意而外，还有就是为了表达对王闰之的感激之情。

或许，王闰之在文学方面不能像王弗那样给苏轼以指点，在艺术方面不能像王朝云那样与苏轼产生共鸣，但她却是陪苏轼最久的人。她陪苏轼一路贬谪，无怨无悔，没有半句怨言。她除了悉心照顾苏轼，抚养孩子，还想方设法帮困顿中的苏轼解闷。

苏轼有诗文记载，他被贬谪密州时，恰逢蝗灾。苏轼被这场蝗灾弄得焦头烂额，疲惫不堪。他在家焦急地来回走着，不懂事的幼子苏过，跑过来要他抱。平时苏轼最喜欢苏过，常逗他玩，可是正急在心头的他，哪有工夫陪孩子玩耍，就把孩子一把推过去，大声呵斥。苏过被吓得哇哇大哭，王闰之走过来一边抚慰孩子，一边劝慰苏轼，说："孩子不懂事，你拿他撒什么气呀？你看你愁成这样，不如喝杯酒解解闷吧。"苏轼听了王闰之的话，深感愧疚，他被王闰之的善解人意感动了。

在苏轼被贬黄州期间，因为没有了俸禄，全家人的生活十分困顿。王闰之没有一句怨言，为了全家人的衣食，她赤脚下田干农活。遇到荒年时，即使饿着肚子，她也没忘和家人调侃说笑，营造温馨的家庭氛围。苏轼在东坡种的大麦，煮成饭后，口感酸不溜丢的，而且吃了不消化。他的几个儿子边吃边说："父亲，这个大麦饭吃起来像在咬跳蚤啊。"于是苏轼改革了大麦饭，他将大麦和红豆掺在一起，口味独特，王闰之调侃这是真正的"二红饭"。后来苏轼在《二红饭》这篇文中记载了此事。

有一次家中耕牛生病了，快要死了，童仆请来兽医，可是兽医看了半天也没找出病因。王闰之听说后，来到牛棚，她看后说："这牛患了豆斑疮，赶紧给它吃青蒿粥。"牛吃了青蒿粥后，果然很快痊愈。苏东坡知道这件事后，十分高兴，在写给朋友的书信中，他很自豪地提及此事。

王闰之勤劳朴实，在艰难的岁月里，她与苏轼相濡以沫，共赴患难。唯一的遗憾是，她不如王弗那般精明。在苏轼"乌台诗案"爆发时，苏轼被京师来人从湖州府衙抓走。为了这件事，王闰之"几怖死"。她几乎被吓死了，担心朝廷还会再从书稿中搜罗苏轼的罪状。她一怒之下烧毁了苏轼的很多文稿，骂道："是好著书。书成何所得？而怖我如此！"意思是说：喜欢写这些诗文有什么好处，几乎把我们吓死了！等后来再整理，发现已经毁了十之七八。

对于一个文人来说，这些诗文手稿凝聚着他的心血和情感，所以这些诗文手稿的毁灭，无论对苏轼还是对后世读者来说，都是个不可弥补的遗憾。但是在当时的情况下，苏轼因“文字狱”犯案，生死未卜，一个弱女子面对被官府抄家，全家老小前途没着落时，她一时迁怒于那些惹祸的诗文，也是情有可原的。

王闰之兢兢业业，勤俭持家，虽然她的才学无法企及苏轼的高度，但苏轼对她却充满感激，因为她弥合了王弗离世的残缺，给了苏轼一个得以憩息、宁静温馨的家。

后来苏轼迎来了他政治生涯中最辉煌的时段，他被调回京师，任礼部尚书，做帝师，官至正二品大员。这时的王闰之虽然过上了富贵荣华的生活，但是她却不忘旧时本色，始终保持着朴实诚挚的品格。可惜就在此时，四十七岁的王闰之却不幸去世了，这对已五十八岁的苏轼是个沉重的打击。苏轼在《祭亡妻同安郡君文》里叙述道：“我曰归哉，行返丘园。曾不少须，弃我而先。孰迎我门，孰馈我田。已矣奈何，泪尽目干。”

对王弗，苏轼在她的墓地里亲手栽下万棵松涛，以寄哀思；对王闰之，他“惟有同穴”才能报答她的一世恩情。苏轼去世后，他的弟弟子由帮助他实现了诺言，与王闰之合葬。

或许，苏轼的诗文中鲜有王闰之出现，以致后世读者对她了解甚少，但这并不代表着苏轼与王闰之情感淡漠。对于一个文学家来讲，或许他需要知音来和，但是生活是平平淡淡才是真，陪伴是最长情的告白。从某种意义上说，正是有了王闰之对苏轼的理解和包容，且给了他情感上温馨的港湾，才能有了苏子那些惊世之作！

“不似秋光，只与离人照断肠”，透过字面，我们看到的是苏子对王闰之的恩爱之情，也看到了王闰之这个朴实女子，浪漫风情的一面。

/ 王朝云：枝上柳绵吹又少，天涯何处无芳草

花褪残红青杏小。燕子飞时，绿水人家绕。枝上柳绵吹又少。天涯何处无芳草。

墙内秋千墙外道。墙外行人，墙内佳人笑。笑渐不闻声渐悄。多情却被无情恼。

——《蝶恋花》

每当我散步在小区的亭桥流水边，听到鸟鸣声，看到枝头青涩的杏子，便会不由自主想起苏东坡的这首《蝶恋花》。脑海中就会呈现出这样的一幅生动画面：

在杏花烟雨的江南水乡，时值暮春时节，一个白墙黛瓦的临水人家，院落内生机盎然。落英缤纷的小径上，枝头挂满了青杏的累累果实。几只旧时堂前相识的老燕，在头顶飞来飞去。它们时而呢喃细语，时而忙着衔泥筑巢。庭院中，一湾绿水，碧波荡漾，水中婀娜着几株莲荷，鱼翔浅底，鸳鸯在水中相对沐红衣。岸边的垂柳在风中袅娜，枝上的柳絮随风飘去，它带给人们一个讯息，春就要尽了。然而，庭院内，连绵的芳草离离直铺远方，舒展着无限的生机。

院落的一角，紫藤花下，有一架秋千，一个曼妙的青春女子坐在秋千上摇荡。她一袭白衣素裙，缥缈若仙，云鬓斜簪一枝欲睡的

海棠。她美目流盼，风流婉转，清脆欢快的笑声随风荡漾，飘到墙外行人的耳中，也荡漾在行人的心中。行人不由得停下脚步，他心旌摇荡，多情地忘记自己是个过客。忍不住想小扣门扉，甚至想偷窥墙内那倾城女子的芳容。

苏轼的诗词以豪放豁达著称于世。然而，这首《蝶恋花》却写得清新婉转，意趣盎然。起句“花褪残红青杏小”虽是惜春伤春之词，却写出了东坡先生的旷达。落花尽了，青杏却再生了；春去了，夏才会来临。

然而，下一句，他笔锋一转，转到“燕子飞时，绿水人家绕”，此句与晏殊的“无可奈何花落去，似曾相识燕归来”有异曲同工之妙。都是取意于旧事物的失去，新事物的诞生，落花无可奈何地去了，燕子却飞回来了。“绿水人家绕”表明了事情发生的地点是一户殷实的江南水乡人家。

“枝上柳绵吹又少，天涯何处无芳草”，读到此句便会想起一个人，苏轼的侍妾王朝云。据说，王朝云是东坡先生谪居杭州时认识的。当时，王朝云是一歌妓，只有十二岁。一次苏轼和一群文友泛舟西湖，船上管弦乐响、歌舞升平。王朝云盛装艳抹，歌喉婉转，东坡对她印象颇为深刻。王朝云卸妆后，又偶遇东坡，一番素颜更是别有风味。也许这就是冥冥之中的缘分，在众文友的邀请声中，苏轼即赋诗一首：“水光潋滟晴方好，山色空蒙雨亦奇。欲把西湖比西子，淡妆浓抹总相宜。”席中有人听出了弦外之音，心领神会，暗中买下王朝云，送到苏府。从此，王朝云便跟随苏东坡，几经贬谪，直到终老。

据说，苏东坡最喜欢王朝云弹唱这首《蝶恋花》，每当王朝云唱到“枝上柳绵吹又少”时，便会泣不成声，竟不能唱完“天涯何处无芳草”一句。早年读此词，只肤浅地以为，王朝云只是伤春而已。时隔多年，在一个偶然的机会里，幡然醒悟到王朝云如此动容的原因。

当年，苏轼写此词的时候，结发妻子王弗已病逝多年。苏东坡为亡妻撰写千古第一悼亡词《江城子》，只一句“十年生死两茫茫，不思量，自难忘”就催人泪下，让人无法相忘。他亲手在王弗的坟边栽种了三万株松柏，以寄哀思。试问，世间又有多少男子，会有苏子这般多情、这般深情？

王弗逝后，苏轼又续娶王弗的堂妹王闰之为妻。王闰之陪苏轼度过了人生中最重要的二十五年，一路风雨兼程、甘苦与共。在这二十五年中，苏轼宦海沉浮，可谓沧海桑田、饱经风霜。然而，王闰之还是先苏轼而去，让他再次痛断肝肠。他给王闰之写祭文，他“唯有同穴”才能还王闰之多年的相濡以沫的恩情。

苏轼一生多次被贬，在被贬惠州困顿疲乏时，众多侍妾皆纷纷离去，唯有王朝云侍陪。宦海的沉浮、人生的无常并没有击垮苏轼。如今，当我再读“枝上柳绵吹又少”时，仿佛看到了苏东坡尘满面、鬓染霜的沧桑容颜。

多少事欲说还休，拍遍栏杆竟无语。尽管人生如此困顿，苏东坡依旧不改“大江东去浪淘尽”的豪迈情怀。无可奈何春去也，本应伤春，可他转头却看到了芳草离离，翠绿连绵直通天际，充满无限生机的情景。

我想，王朝云每唱到此句不胜伤悲的原因何止是表面的伤春，她更多的是悲叹苏子坎坷的人生。苏子面临人生的低谷，仍能放声纵歌，正是他的旷达让王朝云心疼到骨髓、泣不成声。

词的下阕，婉转灵动，没有一句写笑声，我们却似乎听见了那个银铃般的愉悦的笑声。没有一句写那女子俏丽的容颜，我们却似乎看见了那个江南女子，裙袂飘飘，在秋千上轻盈的身姿，翩翩飘荡的身影。

那个墙外行人，“多情却被无情恼”的窘态已跃然在纸上，想敲门又不敢敲，怕惊扰了墙内的佳人。想看一眼佳人的芳容，无奈有围墙阻隔，左顾右盼，上蹿下跳，怎么也看不到。好在心灵的眼睛能穿越阻碍，它早已随着佳人的笑声，穿过厚厚的黛瓦白墙，寻觅佳人妩媚多姿的芳踪去了。

就在墙外过客心旌摇荡时，墙内佳人的笑声却消失了，无端地迷惘、烦恼了墙外行人的心绪。还没有来得及一睹芳容，她却连一个婉约的背影都没留下，就消失在一片葱茏的绿丛中。留下那缥缈难捉的笑声萦绕在墙外行人的心头，怎么能不叫人心生烦恼惆怅。

佳人杳去，蜡炬成灰，自古多情总被无情恼。也许，每个人都只是过客，没有谁可以陪伴谁从开始一直走到终点。

王朝云死后，苏轼终生不复听此曲，并且一直独居。“人有悲欢离合，月有阴晴圆缺，此事古难全”，尽管他旷达如此，饱经沧桑的他，却已经再也经不住任何的生离死别、悲欢离合了。

年年岁岁花相似，岁岁年年人不同。春去了还会再来，花谢了还会再开，人去了却再难回到从前。

穿越千年的时光，无论我们如何再寻当年东坡先生的足迹，也不会再有他当时的那般滋味。

但愿人长久，千里共婵娟!

/ 苏辙：但愿人长久，千里共婵娟

明月几时有?把酒问青天。不知天上宫阙，今夕是何年。我欲乘风归去，又恐琼楼玉宇，高处不胜寒。起舞弄清影，何似在人间。

转朱阁，低绮户，照无眠。不应有恨，何事长向别时圆?人有悲欢离合，月有阴晴圆缺，此事古难全。但愿人长久，千里共婵娟。

——《水调歌头》

小时候，每到中秋赏月时，大人就会给我讲嫦娥奔月的故事。我总是仰着头，凝神寻找月宫中嫦娥怀抱玉兔的影子；还时常夜半起身，偷听吴刚砍伐桂树的咚咚声。我似乎看见了嫦娥袅娜的身影，也似乎听见了吴刚的伐树声。许多年来，一直很向往月宫中的嫦娥，总想有朝一日能真的到月宫中，一睹嫦娥的仙姿芳颜。

后来啊，常见有情人之间互相赠言：但愿人长久，千里共婵娟。起先并不懂什么意思，只是听了心里装满了感动。总在猜想，“婵娟”是不是一个如嫦娥般美妙的仙子？后来才知道，婵娟指的是月亮。是谁能有这样奇特的想象，把月亮比喻成婵娟？除了李白，怕只有苏轼了。就因苏轼这首《水调歌头》，我便喜欢上了他。

“但愿人长久，千里共婵娟。”这是有情人之间的一种愿望，也是一种祝福。万物皆有情，人因有情而爱，因爱而生暖，情暖才会有三生轮回。红尘滚滚，浊浪滔滔，许多人明知红尘多困扰，仍义无反顾投入其中，皆因放不下一个“情”字。

人们都说神仙好，神仙乐逍遥，如此为什么还会有九天仙女思凡？因为红尘有爱，人间因有情而可爱。千年前的一个中秋夜，一代大文豪苏轼，把酒对天问月，见月思念弟弟子由。他和弟弟皆因反对王安石变法，被贬谪流放，苏辙被贬济南，他被贬杭州。自外放以来，他与弟弟整整五年没能相见，因此他请调山东密州，以靠近苏辙，方便见面共叙人伦。然而，虽密州到济南之间路途并不遥远，可他们因各自忙于政务，仍不得相见。这是一种怎样的无奈与辛酸啊！

苏轼政治失意，几番遭贬谪，他已厌倦了官场，只想过一剪清宁闲逸的出世生活。他举杯问青天：这明月是从几时开始有的？从明月诞生到现在，已经是很多年过去了，不知道今夕月宫是什么日子？他想，月宫的今日一定是个好日子，否则今夜的月亮，怎么会如此圆润、如此明亮？因为月亮的皎洁圆润，让人心生向往，他很想像嫦娥那样，乘着风的翅膀飞向月宫，却又害怕自己忍受不了月宫的寒冷与寂寞，不敢前去。

唐朝的李商隐说：“嫦娥应悔偷灵药，碧海青天夜夜心。”嫦娥吃了长生不老之药，虽然为逍遥的广寒仙子，可成年累月陪伴她的只有那只玉兔，还有吴刚砍伐桂树的咚咚声。没有人间的暖和爱，即便长生不老又有何意义？想到此，苏轼在出世和入世的纠结彷徨中，最终选择了入世。因此他说：“起舞弄清影，何似在人间。”在皎洁的月光下，翩翩起舞，影子也在随人舞动，天上虽然有琼楼玉宇，怎比得人间的幸福美好？

苏子的浪漫和幻想，让他暂时脱离了令人烦恼的人间，然而，现实终究是现实，对人生的热爱，让他亲手抹去这种虚无的画景。

词的下阕由中秋圆月联想到人间的离别。夜已深沉，月光转过朱红的阁楼，低低地穿过雕花的门窗，照在房间里失眠的人身上。月圆而人不圆，这是多么遗憾的事啊！自己和弟弟手足情深，皆仕途失意，被贬谪外放，而自己在这些年里，失去了情投意合的恩爱伴侣、结发妻子王弗。又因生活的困顿窘迫，很多姬妾皆远离自己而去，只有王朝云一人，始终不离不弃。

人情冷暖，世态炎凉，在这样一个举家团圆的日子里，想起坎坷的人生，怎能不心生凄凉？在这世间，情牵自己的亲情，除了子女，就只剩下胞弟子由一人了，而兄弟皆因事务繁忙，几年不能相见，怎能不思念牵肠？

这样的思念一直隐藏在苏轼心中，只不过这恼人的圆月，趁他酒醉之后，又撩拨起他经年的情思。他忍不住埋怨明月："不应有恨，何事长向别时圆？"明月啊明月，你总不该有什么怨恨吧？为什么总是在人们离别后才圆呢？他埋怨明月故意与人为难，给人增添烦恼，也含蓄地表达了对不幸分离人的无限同情。

每逢佳节倍思亲，他质问明月，发泄了佳节思亲的情感后，随即理智战胜了情感，转笔宽慰自己："人有悲欢离合，月有阴晴圆缺，此事古难全。"世间的悲欢离合与月亮的阴晴圆缺，都是自然界的客观规律，这些自古以来都是难以周全圆满的。此句流露出词人参透人生哲理的洒脱和旷达，也是词人对人生无奈的一种慨叹，其中包含了人生的无数痛苦与欢乐。

逝去的人，终究已逝去，可活着的人，还要好好地活着。活着的人，会在心里为逝去的亲人留一席位置，别人无可替代，无可比拟。亲情的温暖是人活下去的勇气，尤其是身处逆境的人，更需要亲情的温暖。苏轼和苏辙两兄弟，皆处于人生逆境，他们需要彼此的亲情来互相温暖。然而，人生总是这样残酷，你越需要的东西，偏偏就是不让你顺利得到。你越是在困扰中纠结，越是会深陷其中，不可自拔。只有在痛苦中磨炼自己，豁达面对人生种种，才会有机会守得云开见月明。就算没能等到云开见月的那一天，至少已积极面对困难，没有辜负仅有的一次人生。

现实的无奈，让苏轼只能选择让明月遥寄自己对亲人的一番深情，希望弟弟他永远健康长寿。即使相隔千里，能在中秋之夜，共同欣赏天上的明月，让明月寄托自己的千里相思，至少减少了不能团聚的遗憾。因而他由衷发出“但愿人长久，千里共婵娟”的美好寄托与祝福。

人生就是一场萍聚，每个人一生，都要面临无数次的相遇与离别。人生没有不散的筵席，许多生命中重要的人，不忍离别，却又不得不离别。我们无法挣脱世间的藩篱，只有将深厚的情感、浓浓的相思，寄托给明月，请明月遥寄我们的千里相思。

那个被思念的人，一定收到了这份浓郁的情，因为我们共享同一轮圆月，共听同一首歌《明月千里寄相思》。嫦娥早就把这份相思，洒在我们彼此的心里，只待月亮升起时，歌声便会响起，歌声响起时，请你我于心中遥寄“但愿人长久，千里共婵娟”。

/ 乡情：东风吹破千行泪

雨后春容清更丽，只有离人，幽恨终难洗。北固山前三面水，碧琼梳拥青螺髻。

一纸乡书来万里，问我何年，真个成归计。回首送春拼一醉，东风吹破千行泪。

——《蝶恋花·京口得乡书》

苏轼于宋神宗熙宁四年（1071年）出任杭州通判，自从王弗去世埋葬在故乡，他就再也没能回眉山。在他宦游的生涯里，他和故乡亲友的联系全靠江船通邮。熙宁六年（1073年）腊月，苏轼受转运司之命赴常、润、苏、秀等州赈灾救济。次年春，苏轼在润州京口收到家乡来的一封书信。面对家书中的殷勤致意，询问归期，苏轼再也忍不住绵绵的思乡之情。可是身为宦游之人，哪还有自由身？在这样的情况下，苏轼作了这首词。

苏轼的故乡是蜀地眉山，那里是青山绿水，人杰地灵。现在苏轼正在镇江赈灾，镇江的山水也是如诗如画，因而这样的青山绿水总能勾起他对故乡的怀念。

词的开篇写景。“雨后春容清更丽，只有离人，幽恨终难洗。”烟雨江南，雨后春天的景色更加清秀美丽，可是这江南的雨，可以洗去山水的烟尘，却洗不去在外游子心中的离愁别绪。他乡越是山美水美，对故乡的怀念之情就越是深刻。一个“洗”字，和前面的“更清丽”是转折关系，雨能令春容清丽，却“洗”不掉一丝离人的幽恨，非但洗不掉，而且清冷的雨水更增添游子内心的凄凉感！

“北固山前三面水，碧琼梳拥青螺髻。”北固山在江苏镇江市北，其中北峰三面临江，回岭斗绝，形势险固，因称“北固山”。这里的“碧琼梳”指的是碧玉做的梳子，在此用于比喻北固山前的江水。螺髻，螺壳状的发髻，比喻北固山的峰峦。弧形的江面，仿佛是碧玉梳子，苍翠的山峰好像是美人的发髻。苏轼在这句词中勾画了一幅清丽的江南春景，这样的美景曾经令无数人为之流连忘返。但是在此时此刻，却勾起了词人无尽的乡愁。美不美家乡水，尽管这里山美水美，可终究不是生养自己的故乡，更何况，我的故乡也是峰峦叠嶂，山清水秀呀！

恰恰在此时，苏轼收到了万里之外的一封家书，信中殷勤寄语，问他何时能回家？“一纸乡书来万里，问我何年，真个成归计。”即使没有这份家书，苏轼的内心也已是归心似箭。眼下这份家书抵至，更是戳中他的泪点。他乡再好，终究难抵故乡的温暖。故乡是母亲的怀抱，是母亲的温情，所以故乡永远是离人心中的一首歌，永远是游子心中的一个梦。无论岁月在心中堆起多少沙洲，故乡的歌永远在游子的心中流淌。

倾轧险恶的朝堂，波诡云谲的官场，苏轼备受排挤打击，令他常有“忧谗畏讥”“去国怀乡”之感。若不是为了心中的那点功名理想，他真想弃之不顾，像陶渊明那样回到故乡做个自由人。可是朝廷的诏令在身，他必须要为镇江赈灾，更何况自己也有使命，帮助灾区人民重置家园。他也想回家，可是眼前的境遇，他真的不能回家。面对亲人的殷殷寄语，他又该怎样回答呢？他不忍心让亲人失望，却又无法满足他们的需求。

家人盼归，可是回乡的日程还是遥遥无期，面对这样一种无可奈何的局面，词人只能是借酒浇愁，面对东风抛洒热泪了。所以词人在结句说“回首送春拼一醉，东风吹破千行泪”。

我没有办法给亲人一个归期，可心中的那份思乡之情，却在摇曳的春风中泛滥成灾。我想只有回头拼命喝酒，把自己喝得烂醉，以忘却心中的所有愁绪。“借酒消愁愁更愁”，原以为那火热的酒，落入百结的愁肠，能击溃心中的乡愁，可是它却化作了一行行滚烫的相思泪。不敢面对春风的柔情，怕它温柔的抚摸让自己崩溃，可是这假装的坚强还是被它的温情，吹落了滚滚思乡泪。人生有很多的羁绊，有时候，不是我不想，而是不可以，我家乡的亲人，你们能理解我心中的这份心酸和无奈吗？愿只愿，这份情山高水长，愿地久天长……

父母的遗骸在故乡，故乡有逝去的爱人，还有他膝下承欢的稚子。多年未回故乡，想必他已经长大许多了吧？作为父亲，苏轼多么想能亲手教儿子读书写字，亲眼看着他长大呀。幸运的是，在苏轼后来被贬谪的日子里，他的三个儿子一直跟随他左右，这为他悲苦的贬谪生活，增添了无尽的温暖。

我想，这封家书一定是王闰之写给苏轼的，因为父母和王弗已逝，弟弟苏辙在外做官，故乡应该只有王闰之和王朝云，以及他们的儿子。王闰之这个朴实的女子，陪了他整整二十五年，和他一起度过了人生中最悲苦的时候。作为红颜知己的王朝云，无论人生的际遇如何，她对苏轼都是不离不弃，一直侍奉左右，陪他一起流放到遥远的岭南，最终埋骨他乡。这份深重的情意，让苏轼至死难忘。

一个人的内心，最温柔的地方除了心爱的人，就是故乡。这份情，不只是苏子为之“回首送春拼一醉，东风吹破千行泪”，李白也曾为此“此夜曲中闻折柳，何人不起故园情”。这份情，是于右任的“葬我于高山上兮，望我大陆”，是余光中的“一湾浅浅的海峡”，是席慕蓉的“一棵没有年轮的树”……

第三卷|多情苏子（二）

明·仇英《后赤壁赋图卷》局部

/ 秦少游：赏花归去马如飞

赏花归去马如飞，去马如飞酒力微。

酒力微醒时已暮，醒时已暮赏花归。

——秦少游《回文诗》

高邮才子秦少游是“苏门四学士”之一，他最得苏东坡的喜爱。民间流传着很多苏东坡和秦少游吟诗赋对的故事，人们茶余饭后最津津乐道的就是“苏小妹三难新郎”。苏小妹是谁？我想只要提起她，许多人的嘴角就会不自主地上扬，因为她就是大名鼎鼎的苏东坡的妹妹。传说中的“三难新郎”的主人公就是秦少游。原本苏家有个才智双全的苏小妹已是杜撰，因此“三难新郎”的故事也不足为信。但由此可见人们对苏东坡的喜爱之深，也说明他与秦少游交情的深厚。

传说有一回，苏轼去秦少游家，可是他却不在。家人告诉苏轼，秦少游外出游玩去了，很可能到佛印和尚那儿了。于是苏轼写信去询问他的情况，秦少游看到苏轼的来信后，就写了一封只有14字的怪信，派人带回给苏轼。苏轼看了信后，连声叫好，原来这封信是一首回文诗。内容如下：

赏花归去马如飞，去马如飞酒力微。

酒力微醒时已暮，醒时已暮赏花归。

回文诗又叫回环诗，可以正着读、反着读、横着读、斜着读，读起来回环往复，朗朗上口。给人感觉诗意绵延无尽，产生荡气回肠、兴趣盎然的美感。

回文诗最著名的要数《璇玑图》。传说南北朝时期，前秦女子苏惠，是秦州刺史窦滔的妻子。苏惠知识广博，仪容秀丽，谦默自守，不求显耀，深得丈夫窦滔敬重。然而，窦滔有这样的佳人还不满足，偏偏要去宠爱他的宠姬赵阳台。备受冷落的苏惠心中自然不满，于是窦滔到襄阳做官时，苏惠不肯与他同往，他就带着赵阳台去赴任。

窦滔走后，苏惠万分思念，于是她将相思之情，织成一块八寸见方的五色锦缎，用文字织成回文诗，这便是有名的《璇玑图》。此图八百多字，无论反读、横读、斜读、交互读、退一字读、迭一字读，均可成诗。可以读得三言、四言、五言、六言、七言诗共一千多首，才情之妙，贯古超今。织者的悠悠情思，缠绵爱意，跃然在字里行间。

窦滔接到《璇玑图》图后，深深地被感动了，于是他幡然醒悟，当即打发赵阳台返回关中，并用隆重的礼仪接苏惠来襄阳。

苏惠用她的旷世才情挽回了自己的爱情，自此回文诗得以广泛流传。古人常用诗语，但能用回文诗者，非才华横溢者难以驾驭。由此可见，秦少游才品不凡，所以苏东坡连声叫好。

历史上的秦少游，并非像传说中所说的那样，是个喜剧人物。

其实，历史上真正的秦少游和苏东坡之间的故事，是带有浓重悲剧色彩的。

苏东坡与秦少游的交往，始于熙宁七年（1074年）。那时已三十岁的秦观虽名动江南，却入京应试不第。一个人才高，未必擅长考试，比如苏轼的老爹苏洵也是这样，他是“唐宋八大家”之一，却屡试不第。秦少游退居高邮后，心情颇为惆怅。这时苏东坡给秦少游写了一封信，说：“此不足为太虚损益，但吊有司之不幸耳。”这是苏东坡第一次给秦少游写信，此前虽然秦少游多次写信给苏东坡，但苏东坡皆未能回信。现在，在秦少游失意时，苏东坡给了他真诚的关怀，这让秦少游怎能不感动？

第二年，“乌台诗案”事起，苏轼九死一生。在苏轼被贬黄州的这段时期，秦观又有过一次落第的经历。后来，苏东坡从黄州移居汝州，他给王安石写了一封信推荐秦少游。王安石和苏东坡两人虽然政见不合，但是私交还是不错的，彼此欣赏对方的才学，可谓英雄惜英雄。宋朝的文人高尚之处就在这里，范仲淹和吕夷简，王安石和司马光，虽然在朝堂之上，他们的政见不合，但在私下里却是彼此欣赏的朋友，他们的行为、道德、操守，都是为后世所称颂的君子！

苏东坡在信中说：

向屡言高邮进士秦观太虚，公亦粗知其人，今得其诗文数十首，拜呈。词格高下，固已无逃于左右，独其行义修饬，才敏过人，有志于忠义者，其请以身任之。此外，博综史传，通晓佛书，讲集医药，明练法律，若此类，未易以一一数也。才难之叹，古今共之，如观等辈，实不易得。愿公少借齿牙，使增重于世，其他无所望也。

王安石见信后给苏东坡回了一封简短的信，他在信中隐含调侃挖苦苏轼之意。因为，当时的苏轼被贬官在外，自己还立足未稳，尚处于“盘桓江北，俯仰逾月”的境地，却已经在关照秦少游了。在王安石看来，无论在官场政治还是在仕途人际，都应该懂得把握分寸，而苏轼这样的天才文人，恰恰是不谙此道。这件事只能说明苏东坡爱才不遗余力，同时也说明苏东坡和秦少游的政治水平处于幼稚状态。

苏门四学士一荣俱荣，一损俱损。后来苏东坡被高太后召回京师，迎来了他仕途生涯中最辉煌的时代，那时苏轼任礼部尚书，秦少游便也在京师任职。这时他们在一起诗词歌赋的时间比较多。其余时期，苏东坡和秦少游都在各自贬谪的途中，难以相聚，又哪来的诗词歌赋相和呢？民间流传最多的故事，大多也应当发生在此时。可是人生怎么可能都是得意时的“一日看尽长安花”，事实是在苏东坡和秦少游的后半生中，他们的友情一直被“误随车”之错笼罩着。等秦少游死后，苏东坡获悉其中原委，不禁痛惜“少游已矣，虽万人何赎”。为了纪念这份友情，苏东坡将秦少游的那首《踏莎行》中的一句“郴州幸自绕郴山，为谁流下潇湘去”，书写在折扇面上。

元祐六年（1091年）七月，苏轼受到贾易的弹劾。苏辙得知密折的内容后就告诉了哥哥苏轼，可苏轼又将此事告诉了秦少游。秦少游从苏轼处得知自己也被附带弹劾，便立刻去找有关台谏官员疏通。他找到了推荐自己的人赵君锡，他天真地以为，赵君锡能够像他所想的那样去反弹贾易。然而秦观的失态使得苏轼兄弟陷于极端的被动之中，他们的政治操行遭到政敌的攻讦。于是苏家兄弟二人又被贬谪流放。自此苏轼与秦观的关系也因此发生了微妙的变化。

其实，在这件事中，错在苏东坡不谨慎，而秦少游也是政治幼稚，他的方寸大乱授人以柄。苏东坡的内心对秦少游失态的埋怨，似乎超过了对贾易、赵君锡凶狠的弹劾。“少游近致一场闹”已显示出他对秦少游不形于辞色的芥蒂。虽然苏东坡和秦少游之间，再也没有提起过此事，但朋友间的沉默，有时确实是因为对友情的失望。

因为都被流放了，也就自此了绝音信。秦少游陷入了孤立、被有意冷落的境地。他希望能通过黄庭坚将自己的心意转告给苏东坡，可是黄庭坚在给秦少游的回信中，也是不尽的冷嘲热讽。

“郴州幸自绕郴山，为谁流下潇湘去。”以前不懂秦少游的此句词怎么会成为苏东坡的绝爱，现在才明白原来这是秦少游对苏东坡的真情表白。意思是：我之所以被流放到潇湘，是因为被看做了你的朋党，就像郴江本来就绕着郴山一样，成为你的朋党是我不可移易的天性。

“无奈归心，暗随流水到天涯。”确实，当苏东坡被流放到海南时，秦少游还在惦记着他。秦少游这样的真情表白，苏东坡知道后万般愧疚，愧疚自己对他的冷落，可年少自己十三岁的少游，却郁闷交加地死在自己之前，自己连最后倾吐愧疚的机会都没有了。苏东坡对秦少游的冷淡，成了生者与死者之间永远的遗憾，所以他只能感慨“少游已矣，虽万人莫赎”。为了减少内心的愧疚之情，苏东坡只有把秦少游那句词写在折扇上，时时念着他。苏东坡这种“我负少年”的伤痛与悔恨，已昭然在纸间。

据说秦少游是酒醉后坐在秋千架上含笑而亡的，因为他终究在有生之年见了一辈子最器重、最倾慕，同时最愧对的苏东坡……

我倒希望苏东坡真的有个妹妹叫苏小妹，也倒希望历史上真的有“苏小妹三难新郎”的故事。那样，秦少游和苏东坡之间的遗憾会不会少一些呢？

/ 杨元素：醉笑陪公三万场，不用诉离殇

东武望余杭，云海天涯两杳茫。何日功成名遂了，还乡，醉笑陪公三万场。

不用诉离觞，痛饮从来别有肠。今夜送归灯火冷，河塘，堕泪羊公却姓杨。

——《南乡子·和杨元素时移守密州》

一直很钟爱这首词，为“醉笑陪公三万场，不用诉离殇”的痛快淋漓和肝胆相照，因为，这样的一种情只可能发生在知己之间。王维在诗中说：“劝君更尽一杯酒，西出阳关无故人。”苏子对离情的表达来得洒脱豪迈，而王维则显得温婉绵长。人生难得一知己，无论是王维还是苏轼，他们表达的都是人间最难得的真情。

苏子一生朋友甚多，那么这个让他“醉笑陪公三万场，不用诉离殇”的人是谁？这个人就是苏轼的老乡杨元素。

当年苏轼在杭州任通判，杨元素任知州，两人既是好友又是同乡。在交通和信息缓慢的古代，离别在外的人，“他乡遇故知”后会是一种什么样的情感？更何况这俩人还是在同一衙门任职的同事！可以说，苏轼和杨元素之间的情感，是等同于兄弟的情感，又超越了兄弟之情，他们除了互诉乡情，还彼此疗伤，彼此安慰。因而，在苏轼调离杭州前往密州时，他们才会有这样的难舍难分、惺惺相

惜之情。

苏轼由杭州通判调离到密州任知州，因而在这首词中，既有朋友之间离别的难舍，又有建功立业的豪迈之情。

密州在山东，词中的东武指的就是密州，余杭就是杭州。“东武望余杭，云海天涯两杳茫”，说的是密州和杭州距离甚远，相隔茫茫的大海，自己调任到密州后，遥望杭州，情思渺茫。如此相亲相爱的朋友、故人，就要别离到遥远的北方，不知道何年何日才能再相见，心中的这份难舍之情，难以言喻。

忍别离，不忍却又别离，因为自己的心中还有那份功名的欲望，需要去实现。“乌台诗案”前的苏子，虽在朝堂之上屡遭排挤，但是那点政治打击还没有泯灭了他为国建功立业的雄心。大丈夫经国济世，驰骋四海，这点理想和抱负是每个读书人都趋之若鹜的，更何况是一代文坛领袖苏东坡呢？他的科举作文深得欧阳修推崇，如果不是欧阳修误以为是自己的学生曾巩所写，为了避嫌他违心将此文屈居第二，那么当年的苏轼应当是稳稳当当的状元郎。谁又能料想，这篇考场奇文是出自于年方二十的苏轼之手呢？

确实，苏轼是有滔滔经国济世之才的，而且他也有建功立业的雄心。所以调任密州，他既有难舍杭州的留恋之情，也有调任密州主事一方的激动之情。正是源于这样的一种复杂情感，他对杨元素说：“何日功成名遂了，还乡，醉笑陪公三万场。”

等我功成名就、衣锦还乡，那时我再陪你一醉方休。

可是一醉方休并不能表达苏轼对杨元素的深情，他说要“醉笑陪公三万场”。苏轼此句化用的是李白《襄阳歌》中的一句诗：“百年三万六千日，一日须倾三百杯。”人生百年，不过就是三万多天，只有天天相陪才不会有恼人的离殇可诉。可是，人生如此，为了那一点点的功名欲望，我们不得不离别。背井离乡后，亲朋故交数载难见，一切的一切，等我功成还乡后，我们再好好坐下，酒到杯干，细数这些年来的如意不如意，将缺失的岁月再补回、再重拾、再追忆。

所以苏轼劝慰友人，不同的人对离别的愁绪表达也不一样，有的人豪迈，有的人百转千回。但不管是笑着分手，还是痛哭离别，都没有必要为离殇一诉再诉。当年醉翁以为“直须看尽洛城花，始共春风容易别”，但他最终还是策马扬鞭，没能逃离“离别”二字。

苏轼的此番话，直通肺腑，感人心肠。为他送别的挚友杨元素，不禁泪湿衣衫。“今夜送归灯火冷，河塘。”这两句描绘了一幅送归图，夜已深沉，灯火已残，繁华的“河塘”闹市在静夜中也显得寂静万分。这深沉的夜、残缺的灯火、闹市的寂静，似乎都在沉默中为苏轼饯行。尽管苏轼已将离情诉说得如此洒脱，可是宦海的沉浮，人在江湖的身不由己，到底难以掩饰一把辛酸泪。痛饮到了最后，也没能硬生生逼住眼底的热泪。

“堕泪羊公却姓杨”的典故出自于《晋书·羊祜传》，羊祜为荆州都督，其后襄阳百姓于祜在岘山游息之处建庙立碑，岁时享祭，望其碑者，莫不流涕。杜预因名之为“堕泪碑”。这里以杨元素比羊祜，“羊”“杨”音近。表达了苏轼对友人的赞赏，也反映了苏轼与友人的情谊。

苏轼九月调离杭州，在九月的杭州西湖，在九月桂香飘满灵隐寺的时候，苏子和友人杨元素离别。因这首词，令杭州至今桂花飘落时都带有金属的响声；也因这首词，西湖的水才更加温婉绵长。那一句“痛饮从来别有肠”，让离别时喝高的男人，有着无需言语的默契和意味深长。

在苏轼和杨元素的词中，还有另外一首《南乡子·梅花词和杨元素》表达了他们之间的深情厚谊。词云：

寒雀满疏篱，争抱寒柯看玉蕤。忽见客来花下坐，惊飞。踏散芳英落酒卮。

痛饮又能诗，坐客无毡醉不知。花谢酒阑春到也，离离，一点微酸已着枝。

苏轼的这首词写于任杭州通判的第四年初春，是他与时任杭州知州的杨元素相唱和的作品。词中通过咏梅、赏梅来记录他与杨元素共事期间的一段美好生活，以及两人之间的深厚友谊。

正是源于这样的一份深厚情谊，苏轼在离别时才情不自禁地吟诵出“醉笑陪公三万场。不用诉离殇”。朋友的珍贵情谊，多少千言万语都在一句“不用诉离殇”中。

人生苦旅，正是有了那个叫知己的人，旅途才不会孤独。因为，是那个叫知己的人，在你的心灵深处为你点亮一盏灯。黑暗中，他为你带来光明；寒冷中，他为你送来温暖；艰难中，他与你牵手同行。或许，他不能经常出现在你的生活里，但他一定在你的生命里！就像一首歌中所唱：

有没有一扇窗/ 能让你不绝望/ 看一看花花世界原来像梦一场/ 有人哭 /有人笑 /有人输 /有人老/ 到结局还不是一样/

有没有一种爱 / 能让你不受伤/ 这些年堆积多少对你的知心话/什么酒醒不了/ 什么痛忘不掉/ 向前走，就不可能回头望/

朋友别哭 / 我依然是你心灵的归宿/ 朋友别哭/ 要相信自己的路/红尘中/ 有太多茫然痴心的追逐/ 你的苦 / 我也有感触/

……

人海中，难得有几个真正的朋友，这份情，请你不要不在乎。

/ 王长官：行人未起，船鼓已逢逢

（王长官者，弃官黄州三十三年，黄人谓之王先生。因送陈慥来过余，因为赋此。）

三十三年，今谁存者？算只君与长江。凛然苍桧，霜干苦难双。闻道司州古县，云溪上、竹坞松窗。江南岸，不因送子，宁肯过吾邦？

摐摐，疏雨过，风林舞破，烟盖云幢。愿持此邀君，一饮空缸。居士先生老矣，真梦里、相对残釭。歌声断，行人未起，船鼓已逢逢。

——《满庭芳》

北宋神宗年间，苏轼因为反对王安石变法，并在自己的诗文中表露了对新政的不满，由此引发了文字狱。苏轼是继欧阳修后的文坛领袖，他的诗文流传很广，就连宋神宗每次吃饭时，都要读苏轼的诗文，一天不读，就觉得饭不香。因此任由苏轼不满新政的诗词在社会上传播，会对新政的推行很不利，所以在神宗的默许下，苏轼被抓，一关就是四个月。宋神宗抓苏轼，本意只是想让他收敛收敛，但是朝堂之上有一帮小人，利用此次事件曲意搜罗苏轼的诗文，欲置之死地而后快。由于宋朝有不杀士大夫的惯例，再加上有当时的太后求情，他的政敌王安石也上表为他求情，所以苏轼免于一死，但被贬为黄州团练副使。

这首词是苏轼发配黄州时所写。当时，苏轼的许多朋友受他文字狱的牵连，纷纷被贬，诸如“苏门四学士”。苏轼一生大多数在贬谪中度过的，他的好友也跟着被一贬再贬，最可惜的要数苏轼最器重的秦少游，五十几岁就死在被贬滕州的途中。得知秦少游因他牵连已死，苏轼心痛万分，痛哭“少游已矣，虽万人何赎”！

苏轼其他的朋友因怕被株连，为了避嫌，纷纷疏远了他，这使他倍感世态炎凉。在黄州期间，苏轼身边没有朋友，对于这样一个好交游的大文豪来说，真是个煎熬。老朋友不在了，就交新朋友，可是整个黄州也没有几个大儒，他又哪里去找志同道合的朋友呢？但这并不妨碍苏轼交朋友。

苏轼在黄州交朋友，无所谓地位高下、个性差异，只要在一起能聊得轻松愉快就行。据说，有一回他与几个山野村夫聊天，可是他们中有几个是能说会道的呢？他们越聊越干巴巴的没意思。苏轼就请求他们讲鬼故事，可是他们连鬼故事都讲不出来。苏轼索性说，你姑妄言之，我们姑妄听之，你就随便胡编乱造也行！苏轼的一番话逗得大家哈哈大笑，于是大家放松下来，再也不顾忌他是什么大文豪了，彼此间无话不谈，无事不说，尽欢而归。

虽然说，苏轼的这些乡野朋友陪他度过了很多寂寥的时光，但是对于一个有思想的文人来讲，他还是需要有一个旗鼓相当的朋友来共鸣的。在这样的情况下，他的同乡陈慥却蔑视世俗，与他频繁往来，五年中竟七次来访。

陈慥即陈季常，号龙丘居士，为人豪爽，精通禅学。他的老婆柳氏是个出了名的悍妇、妒妇，据说有时客人在家，她就对陈季常骂声不绝于耳，陈季常对她颇为惧怕。于是苏东坡就写了一首《寄吴德仁兼简陈季常》调侃他：

龙丘居士亦可怜，谈空说有夜不眠。
忽闻河东狮子吼，拄杖落手心茫然。

河东是陈季常夫人柳氏的籍贯，自从苏东坡这首诗面世以来，陈季常老婆“河东狮吼”的绰号便威名远扬，一直流传至今，“河东狮吼”一词，现在也成了广大强悍妇女同志的代名词。现在这则轶事，被许多影视公司拍成喜剧，供人们茶余饭后笑谈。

由此可见，陈季常的友谊，在苏轼的生命里是何等重要。陈季常不仅自己来看望苏轼，还带来了苏轼仰慕已久的隐者王长官。苏轼这首词就是写给王长官的。

元丰六年(1083年)五月，“弃官黄州三十三年”隐居的王长官，因送陈慥来拜访苏东坡，得以与东苏坡会晤。苏东坡对王长官的大名早有耳闻，可以说神交已久，只是未能有机会谋面。所以这次有缘相见，苏东坡兴奋异常。因而这首词虽然写的是三人交游，但较多的篇幅，却是写自己与王长官倾盖如故之情怀的。

词的上半阕主要是刻画王长官的高洁人品，下半阕则描绘会见王长官时的环境、气氛，以及苏东坡当时的思绪和情态。

词的前三句“三十三年，今谁存者，算只君与长江”，苏轼将王长官的品格与长江共论，给予了高度的评价，语出惊人不同凡响。然后，苏轼又用“凛然苍桧，霜干苦难双”比喻王长官的品格之高，说明了他傲干奇节、风骨凛然的秉性。

“闻道司州古县，云溪上、竹坞松窗”，这一句告诉读者王长官的居住地点，以及用竹松比喻衬托他的正直耿介。“江南岸”三句是说，如果不是王先生送陈慥来黄州与自己见面，恐怕两人还没有机会见面。句中既有苏轼的自谦之情，也饱含了他对于王长官人品的仰慕之情。

接下来的语句，既写了三人会饮的情景，又描写了当天气候景色，通过自然景象的不凡，暗示自己与王长官相遇的脱俗。古语说“酒逢知己千杯少”，苏轼久居蛮荒之地，幸得有情投意合的朋友来访，心中自然是充满了“愿持此邀君，一饮空缸”的豪情。

生命短暂，人生无常，经历了人生跌宕起伏的苏轼，三杯热酒下肚后，自然是有满腹的心事要和朋友相诉。他感慨“居士先生老矣”，人生的有限年华，在不断地被贬谪岁月中蹉跎了。他们彼此情投意合，通宵达旦地畅谈人生，然而，欢乐的时光总是短暂的，一夜欢谈转眼已天明。还有许多知心话还没有来得及说，船鼓就已经催发了，彼此情未尽，何时能再相逢？一句“歌声断，行人未起，船鼓已逢逢”，满怀作者的惜别之意。

当年白居易被贬谪江州时，就算是“浔阳地僻无音乐，终岁不闻丝竹声”，但他至少有刘十九相往来，还能有“晚来天欲雪，能饮一杯无”的兴致，还能够有知己间“红泥小火炉”的温暖。可是苏子没有，他的那些朋友大多受他牵连遭贬谪，还有的就是疏远了他。

刘禹锡被贬安徽任通判时，尚有三间三厢的房子，他可以在这样的陋室里作“陋室铭”；可是苏子没有，他是一个死里逃生的犯官，没有俸禄，一家人只能躬身田亩，自建“雪堂”。刘禹锡可以“谈笑有鸿儒，往来无白丁”；可是苏子没有，他只有一些乡野间的朋友。

因此，在这样的一种情况下，品性高洁的隐者王长官，能够和苏子的挚友陈季常一同来拜访，这是多么的不容易呀！患难见真情，朋友之间的真情，不是体现在门庭若市时的锦上添花，而是体现在门前鞍马稀时的雪中送炭。

无疑，王长官和陈季常的友情，是苏子生命里的一束光芒和一抹温暖。这样的光和暖，让我们在无论多么艰难的境地，都能够有勇气向前行。即便是外界寒气逼身，我们的心中也因有温暖的友情而暖意融融。

“行人未起，船鼓已逢逢”，亲爱的朋友，尽管离别就在眼前，但你们的友情永远珍藏在我心中。

/ 李仲览：归去来兮，吾归何处

（元丰七年四月一日，余将自黄移汝，留别雪堂邻里二三君子。会李仲览自江东来别，遂书以遗之。）

归去来兮，吾归何处？万里家在岷峨。百年强半，来日苦无多。坐见黄州再闰，儿童尽、楚语吴歌。山中友，鸡豚社酒，相劝老东坡。

云何？当此去，人生底事，来往如梭。待闲看，秋风洛水清波。好在堂前细柳，应念我、莫剪柔柯。仍传语，江南父老，时与晒渔蓑。

——《满庭芳》

苏东坡离开黄州前往汝州，向雪堂的两三位邻居告别，恰好他的朋友李仲览受杨元素之托，邀请他前去汝州途中，顺道前往小聚。于是苏东坡就写了这首词赠与他。在这首词中，苏东坡通过向好朋友娓娓的叙事和抒情，抒发了他对人生失意、宦海浮沉的感慨，也表达了对黄州依依不舍的留恋之情。

归去吧归去，可是我到底应该归到何处？我的家乡远在万里之外的蜀地眉山呀。尽管我也有故乡情结，可是我这戴罪之身，怎有自由？我也想像陶渊明那样，弃官归隐，不为五斗米折腰，可是我却没有他那样的自由身。思归不得归，我有家不能回，只有随着命运漂泊。

算起来我来黄州已有五年了，恰好度过了两个闰年。当年在这里出生的孩子，能说一口流利的黄州话了，而我也把黄州当做是自己的第二故乡了。可此时，我又要奉命调离黄州，前往汝州。我的人生已过大半，将来的日子也不多了，尽管我十分期待能过上安定的生活，可是我的故乡回不去，这里也不可以再久留。

我的邻居们，你们知道我要远离此地，纷纷拿出祭祀用的鸡肉和猪肉，用美酒来款待我，这份情意我怎能相忘？在这临别之际，我想说些什么，可是能说些什么呢？人生就是这样四处奔走，好似织布的梭子一样难以停息。好在我前去的汝州，闲时可以观赏秋风中的洛水，你们无需惦记。我雪堂前的垂柳，也已初长成，请你们不要砍伐它柔弱的枝条，它会记得我居住在此地的美好时光。也请转告我那江南的父老，要不断为我晾晒所穿的蓑衣，因为我一定还会再回来。

“归去来兮，吾归何处？万里家在岷峨”，这一句不过是苏轼的托辞。五年前因“乌台诗案”而谪居黄州的苏轼，奉命由黄州移居汝州。对于苏轼来说，这次从遥远的黄州调到汝州，虽然离京城近了，但是他犯官的身份并没有变，仍是担任一个“不得签书公事”的州团练副使。他的政治处境和实际地位，都没有任何实质上的改变。所以当他即将离开黄州赴任汝州时，心情是极为矛盾复杂。如果说陶渊明的“归去来兮”是摆脱红尘枷锁后的悠然吟唱，那么此时的苏轼，只能慨叹自己飘荡无依、有家难归。

“百年强半，来日苦无多”，一个“苦”字，流露了苏子对人生漂泊无依的悲叹之情，以及对生命空自流逝的惋惜之情。人生苦短，可自己的生命就在这不断贬谪迁徙中蹉跎了；人生无再少，宦海沉浮，尝尽人生百味后，还当珍惜眼前的时光呀。

“坐见黄州再闰，儿童尽、楚语吴歌”，一个“坐”字表明光阴的虚度。可是在黄州五年，苏子虚度光阴了吗？不，没有，他没有虚度光阴。尽管朝廷里的群小们排挤他，尽管他的大宋帝国不信任他，但是在黄州这五年的孤寂生活中，他对《论语》和《周易》进行了注解，实现了人生不朽的价值。

人生无常，关键看一个人对待人生低谷的态度。有的人自怨自艾，埋怨命运的不公；有的人坦然面对，因为他们知道塞翁失马焉知非福的道理。司马光因反对王安石变法，被迫下野十五年。在这十五年中，他没有沉沦发牢骚，而是积极面对。他和他的门生们，用十五年时间，沉潜内心，编著了我国第一部编年体通史《资治通鉴》。这就是不同的人生态度，决定了人生的高度。

“山中友，鸡豚社酒，相劝老东坡”，这一句则体现了作者与黄州父老之间纯朴的情谊，以及依依惜别的情怀。此句让人想起陆游的《游山西村》：

莫笑农家腊酒浑，丰年留客足鸡豚。

山重水复疑无路，柳暗花明又一村。

当年陆游是抗金的主战派，所以在朝堂之上屡遭排挤打击，晚年的他隐居在山阴的山西村。那里人们的淳朴友情给失意的诗人带来温暖。同样，苏子被贬谪黄州后，是那里的山野乡亲，陪苏子度过了悲苦失意时光。在几年的相处过程中，他们建立了深厚的友情!

面对乡亲们的热情挽留，苏轼能说些什么呢?他只能感慨：“云何?当此去，人生底事，来往如梭。”他告诉乡亲们，人生如梭，自己也想留在黄州，可是自己是朝廷的命官，而且还是一名戴罪的犯官，他没有选择的余地，他只能奉旨执行。

为了劝慰真挚纯朴的乡亲们，他转而用旷达的心态面对前途。他说：“待闲看，秋风洛水清波。”他用这番话劝慰乡亲们，自己去汝州可以生活得很闲适，秋天到时，可以闲看洛水清波的美景。

劝慰过友人后，难道没有什么要嘱托的话吗?有。苏子说：“好在堂前细柳，应念我，莫剪柔柯。”他请黄州的父老们，帮自己照看好门前的细柳，这些细柳见证了他和黄州朋友们的深厚友情。“仍传语，江南父老，时与晒渔蓑。”言外之意显然是：自己有朝一日还要重返故地，重温这段难忘的生活。

苏子的这些临行交代，越是琐碎越能表现出他对黄州的感情。“渔蓑”在诗词中往往指隐逸江湖，过一种平静自由的生活。陆游在《鹊桥仙》里说：“时人错把比严光，我自是无名渔夫。”表达的就是归隐之情。苏轼在这里虽然没有说自己留恋黄州，舍不得离开，实际上归隐之意已充溢于字里行间。

苏东坡一生南迁北徙、颠沛流离，虽说他笑看万里风光，但对多情的苏子而言，离愁别绪总让他萦绕心怀。可是苏东坡就是苏东坡，即便是再艰苦的岁月，他也能活得有滋有味；再浓的离愁别绪，他也能哀而不伤。他内心的修为旷达，让他对未知的前路永远充满遐想，永远处之泰然。

苏东坡在黄州时，蜀地僧人明操要回家乡去，苏东坡给他写诗送行说：

> 更厌劳生能几日，莫将归思扰衰年。
> 片云会得无心否，南北东西只一天。

“海上生明月，天涯共此时。”人生南北东西，无论你身在何方，所见的都是同一个天空，共享的都是同一轮明月。无论你在哪，都可以把身处之地当做故乡。这首诗看似苏东坡在送友人，其实也是在安慰自己。生命有限，归思无穷。故乡与客居之地，虽然远隔千山万水，但是却同在一片天空下。

每个人都有一个家乡情结，尤其是漂泊在外的游子，故乡情结更为浓重。家乡的山和水，可以使流浪的心灵得到休憩，是我们的精神寄托，这一点就连旷达的苏子也难幸免，所以他说：“归去来兮，吾归何处？”是呀，对于在外难以归家的游子来说，故乡是遥不可及的梦。苏轼自出眉山以来，终身未能再回故乡。或许故乡是他梦中的“明月夜，短松冈”，是他心头的“不思量，自难忘”。但人生何处不相逢，大丈夫四海为家，埋骨又何须桑梓地呢？

/ 王安石：吹落黄花遍地金

西风昨夜过园林，吹落黄花遍地金。
秋花不比春花落，说与诗人仔细吟。

——《咏菊》

这首《咏菊》是王安石与苏轼合作的诗，据说前两句是王安石所作，后两句是苏轼所写。关于这首诗的来历，民间还流传着一个故事。

流传最广的说法是，有一回苏轼到王安石府里去拜访他，恰好王安石外出办事，仆人就让苏轼在书房等。苏轼边品香茗，边观看书房墙壁上的书画，当他游走到书桌旁时，才发现纸上有王安石才写的两句诗“昨夜西风过园林，吹落黄花遍地金”。

王安石和范仲淹、司马光等，都是北宋名臣，他是唐宋八大家之一，是中国历史上著名的政治家、思想家、文学家、改革家，是宋神宗时的丞相、新党领袖。所以，王安石的诗文才情，即便在文人荟萃的北宋时期，也属于出类拔萃的。苏轼反复品读这两句诗，觉得无论从诗的意境和咏味来看，都属上乘。可苏轼仔细一想却感到不太妥，这是写黄色菊花，自己的老家四川，菊花多不易落瓣，而是枯萎，风一吹花瓣是不会落满地的。苏轼性情率性本真，就忍不住取笔在纸上续写了“秋花不比春花落，说与诗人仔细吟”。

苏轼写后见王安石还未回府，也就离去了。王安石回来后，又习惯性地来到书房，一下子就看到了苏轼的续诗。他很欣赏苏轼的才情，认为他诗文俱佳，还善书法、绘画，是个不可多得的全才。但是，他对苏轼续诗的做法有点不满，觉得他有点狂傲了。因为王安石也是根据实际情况写的诗，他故乡的秋菊便是这样落花的。事后，王安石虽然没有直接对苏轼表达他的不满，但他一直记着这件事，他要等待机会，让苏轼自己亲眼去见识一下。

宋朝的文人大多是君子，他们的可贵之处就是，政见可以不同，在朝堂之上大家争得脸红脖子粗，但是私下里的交情都不浅，彼此惺惺相惜，互相欣赏，诸如范仲淹和吕夷简，王安石和司马光、苏轼。苏轼在湖州做太守时，诗文中多有表达对王安石新政的不满之词。当时的宋神宗，是个雄心勃勃想改革的皇帝，而苏轼是继欧阳修之后的文坛领袖，他的诗文流传很广，宋神宗担心他的诗词流传太广，对新法推进不利，于是就默许了“乌台诗案”的发生。

“乌台诗案”是宋朝的文字狱，苏轼几乎为此丢命。当时这件事满朝文武皆动，也惊动了内宫。宋神宗的祖母，即宋仁宗的皇后生病，宋神宗为了祖母病情能好转，想大赦天下，仁宗皇后说：“不须赦天下凶恶，但放了苏轼足矣。”她又对神宗说：“过去仁宗举贤，回宫时非常高兴地说：‘吾今又为子孙得到太平宰相两人。’他所指的就是苏轼和苏辙，现在苏轼获罪入狱，莫非是有人故意中伤？”那时已退居金陵的王安石也上表为苏轼说情，他说：“安有圣世而杀才士乎？”据说，是王安石的这句话起了决定性的作用，最后他建议皇帝将苏轼贬谪到黄州做团练副使。

在黄州，苏轼看到了“西风烈、遍地金”的情景，于是他立刻明白了王安石的用意。世间事福祸相倚，苏轼这次遭贬，对他的诗文创作并非坏事。他在黄州期间，诗文创作达到了最巅峰的状态，苏词也由此走向更加成熟，著名的《前赤壁赋》《后赤壁赋》《念奴娇·赤壁怀古》都是在这期间完成的。其享誉四海的“东坡”雅号也是在此地而生。

苏轼一生遭贬谪皆是由于他的“不合时宜”，起先他反对王安石变法，是因为他认为革新的速度太快，会引起社会动荡，因此遭到贬谪。宋神宗驾崩后，宋哲宗继位，由高太后辅政。高太后拥护以司马光为首的保守派，所以苏轼被召回京，任礼部尚书，苏轼迎来了一生中政治生涯最辉煌的时段。那么是不是苏轼就是彻头彻尾的保守派呢？答案是否定的，后来他又反对司马光完全废除王安石新法，被当做革新派流放到岭南，差点没能生还中原。

回首历史，苏轼的观点是完全正确的。其实他是拥护王安石变法的，只是不同意革新的步子跨度太大；他反对司马光完全废除新法，是因为他看到了新法有利于社会进步的可取之处。因此，苏轼穷其一生，都只能在被贬谪中度过。

王安石变法是因为他看清了宋王朝制度的弊端，所以他想励志图新，变法图强。说起宋王朝朝政的弊端，还要从宋太祖赵匡胤说起。赵匡胤目睹了五代十国时期的藩镇割据之祸，所以他用“杯酒释兵权”的方式，将军权、政权、财权全部集中在皇帝之手。赵匡胤自己本身是通过“黄袍加身”巧夺了后周柴家江山，他怕武将效仿自己，就用文官挟制武官。武官没有调动军队的权力，并且常常调防，导致“兵无常帅，帅无常师”的现象。

由于皇权的高度集中，宰相的职位一般由很多人担任，另外还设了很多没必要的机构，这导致北宋王朝机构臃肿、瘫痪。因财权的集中，使王室贵族“取之无术，用之无度”，奢靡浪费成风。

除了内忧，还有外患。北方的辽国和西夏不断侵扰宋的边土。弱国无外交，懦弱的宋王朝，为了赢得短暂的和平，就向辽国和西夏称臣纳贡。这些更是加大了民众的疾苦。

宋神宗是个雄心勃勃的皇帝，他非常渴望能改变宋王朝“积贫积弱”的局面，他希望通过变法能“富国强兵”，所以他支持王安石变法。

既然王安石变法顺应了时代的潮流，那么为什么会变法失败呢？或许，大多数人会认为，王安石变法的失败，是因为保守派的反对。其实，其最根本的原因是用人失当。

任何一个团队，除了领头人要有高瞻远瞩的思想、坚定的信念，关键处还要会识人、用人。汉高祖刘邦只是一介草莽，却战胜了“力拔山兮气盖世”的西楚霸王。原因是项羽的团队，只有他自己一个人在拼；而刘邦的团队，文有张良、萧何等谋士，武有韩信、周勃等大将。刘邦善于发现人才，会笼络人心，他能将人才团结在自己身边，为自己所用，所以他想不成功都难。

同样的道理，王安石变法除了宋神宗支持他而外，那些品德高尚、有才能的人都成了他的反对派。王安石通过强硬的政治手段，强迫大家同意变法，于是以司马光、欧阳修为首的有识之士们，都纷纷下野隐居，不问朝事。苏轼、苏辙等反对变法的人，也不同程度地遭到贬谪流放。强硬的政治手腕，对于见风使舵的人来说，或许可行，但是对于有德君子来说，他们根本不屑。

既然有德君子们都被赶出了朝堂，那么替补进来的必定是无道小人。因为大量朝臣被贬谪，革新队伍需要人选充实，一时间，一些投机之徒，便打着“革新”的旗号，混进了变法队伍。事实证明是王安石信任的人出卖了他，以致变法失败。尽管王安石自身清廉，但是那些人却在执政过程中，中饱私囊，加重了农民的疾苦，使变法的结果与变法的初衷背道而驰。

如果当初王安石能放缓变法的步子，能恰如其分地用好人，取得大部分朝臣的支持，或许变法就能成功。如果变法成功，宋王朝将会中兴，也就不会出现历史上让中原人蒙羞的“靖康耻”。历朝历代，一把手能否用好人是一门艺术，能否用好人也决定了执政者的政治生命。用错人，带给自己的，将会是毁灭性的灾难。

太刚易折，刚柔相济、广开言路才是王者之道，只是王安石这个“拗相公”太过刚愎自用。不过，王安石变法也不是一点成效也没有，至少他收复五州，拓地三千，从一定程度上缓解了北宋“积贫积弱”局面。尽管在变革过程中，王安石两次被罢相，且最终以变法失败告终。但是他执政时，敢作敢为，矢志改革，把“新故相除”看做是自然界发展变化的规律，这对推动社会的发展有着深远的意义。

在王安石晚年退守金陵时，苏轼返京特地路过拜访他。尽管这两人政见不和，却是文学上的同道人，他们都是欧阳修古文复兴运动旗帜下的干将。他们十四年未曾往来，久别重逢后，两人都不计前嫌，重新走到了一起。王安石劝苏轼定居金陵，毗邻而居，以便朝夕相见。苏轼非常感动，写下《次荆公韵》四首，其中一首写道：

骑驴渺渺入荒陂，想见先生未病时。
劝我试求三亩宅，从公已觉十年迟。

在游览金陵的过程中，苏轼写了一首《同王胜之游蒋山》，其中一句“峰多巧障日，江远欲浮天”，王安石读后非常赞叹，说：“老夫生平所作诗，无此一句。”他多次对朋友说，不知道要再过几百年，才能再出一个像苏轼这样的优秀人才。苏轼对王安石也充满了倾慕之情，当他读到王安石的《桂枝香·金陵怀古》时，情不自禁地叹道：“此老乃野狐狸精也。”

人世一场大梦，王安石也好，苏轼也罢，他们都是品德高尚的君子。对于君子来说，那些所谓的恩恩怨怨还有什么值得再计较呢？无论是“西风昨夜过园林，吹落黄花遍地金”也好，还是“秋花不比春花落，说与诗人仔细吟”也罢，都不如“待到重阳日，还来就菊花”。

第四卷|有为苏子

宋•乔仲常《后赤壁赋图卷》局部

/杭州：淡妆浓抹总相宜

水光潋滟晴方好，山色空蒙雨亦奇。
欲把西湖比西子，淡妆浓抹总相宜。
——《饮湖上初晴后雨》

但凡中国人对这首诗都耳熟能详，只要说起“欲把西湖比西子，淡妆浓抹总相宜”一句，相信许多人的嘴角一定不由自主地挂着微笑。这句诗几乎成了杭州西湖的代言词，也因这一句诗，千年来西湖让无数人为之倾倒。

关于这首诗的来历，据说还有个动人的故事。

宋神宗熙宁四年（1071年），苏东坡因反对王安石新法而被贬为杭州通判。有一天，他与几位文友泛舟西湖，饮酒作诗。宴饮时，朋友招来一个歌舞班助兴。在悠扬的丝竹声中，数名浓妆艳抹的歌女，轻歌曼舞，长舒广袖。在这群歌女中，王朝云以其宛转的歌喉和高超的舞技，特别引人注目。舞罢，众歌女入座侍酒，王朝云恰好转到苏东坡身边。这时的她已换了另一种装束：一身素衣长裙，气质清丽淡雅，举手投足间别有一番韵味。

恰好此时，天气发生了变化。本是丽阳普照，忽然阴云蔽日。这时，原本波光潋滟的西湖，也因天气的突变而山水迷蒙，成了另一种景色。于是有人提议苏轼赋诗一首。远处的湖光山色和眼前的绝色佳人，相映成趣，苏轼顿时灵感突至，挥毫写下这首传颂千古的诗句。

这首诗的前两句写西湖景致因天气变化，而发生的变化。后两句则是用拟人的手法，将西湖比喻成绝代佳人西施。苏子此句诗的绝妙之处就是将西湖比喻成西子，因为西子和西湖同处越地，又同样具有婀娜多姿的阴柔之美，更主要的是她们都是无需人工修饰的天然美。西施无论浓施粉黛还是淡描娥眉，总是风姿绰约的；西湖不管晴空丽姿还是雨中媚态，都是美妙无比的。这两者随时都能展现美的风姿，令人神往。苏轼的这个比喻得到了后世的公认，从此“西子湖”就成了西湖的别称。

苏轼这首诗明写西湖的旖旎风光，而实际上却寄寓了他初遇王朝云时为之心动的感受。当时的王朝云只有十二岁，虽然年幼，却聪慧机敏，她十分仰慕苏轼的才华。于是有人读出了苏轼诗中的另一番意味，就悄悄地将王朝云买下，送进苏府。起先王朝云只是苏家的侍女，得到了苏轼和夫人王闰之的善待，后来王朝云成为苏轼的侍妾，并且追随他终身。王朝云与苏轼共同生活了二十多年，陪伴了他度过了被贬黄州又谪居惠州的两段艰难岁月，后来王朝云在惠州病故。西湖也因苏轼和王朝云的这段情缘而更具有浪漫色彩。

这是苏轼第一次和西湖结下情缘，但用他自己的话说，他和杭州有“前缘”。据说，有一次他和参寥子同游西湖边的寿星院，一进门就觉得眼前的景物似曾相识。于是他对参寥子说：“我从没来过这里，但是眼前的景物，好像曾经经历过似的。我记得从这里一直到忏堂，有九十二级台阶。”结果派人数一下，果然不差。为此，他还写了一首诗：

前生我已到杭州，到处长如到旧游。

更欲洞霄为隐吏，一庵闲地且相留。

或许是苏轼和杭州有着这样道不清的缘分，所以他在离开杭州之后，一年常有四五次梦见自己泛游西湖。后来苏轼在元祐四年（1089年）请求外放，出任杭州太守。

在杭州任太守的两年期间，他完成了几项惠民工程。

首先，他疏通了运河。因为杭州城的运河，闸口连接钱塘湾，所以每天都有钱塘江的海潮涌入。天长日久，运河内泥沙淤积，每隔三五年就要清淤一次，每次清理的淤泥都堆积在居民门口。可是雨水之后，这些淤泥又重新被冲进运河。频繁的疏浚工程，劳民伤财却得不到改善，人们苦不堪言，杭州城也因此混乱不堪。经过实地考察后，苏轼带领民工修建了河闸，使海潮进不了城内的运河，这样河道免除了淤堵，舟楫畅通无阻。同时，他又开通了城内的新河闸，使城内的运河有江潮的清水注入，又有西湖的活水注入，这样居民的饮用、农田的灌溉用水，都得到了满足。

其次，苏轼还带领民众疏浚六井，解决了老百姓的饮用水问题。当年苏轼任杭州通判时，曾协助太守陈襄对唐朝李泌所凿的六井进行了修理，但时隔多年，上次修好的六井已再度毁坏。苏轼决心彻底解决老百姓饮用水问题。他改良了管道，用陶瓦管取代了竹管，并且用砖石将输水管道保护起来。后来，他还在杭州城外又新凿了两口井，以供军需，并且将西湖的淡水通过管道引入城内六井。自此，杭州城的老百姓再也不用为饮水问题发愁。

苏轼第一次来杭州时，西湖是美丽的，但是当他第二次来杭州时，西湖“水光潋滟晴方好，山色空蒙雨亦奇”的美丽已不复存在。原因是西湖水面的杂草蔓延，河底的淤泥堰塞，污染严重。为此，苏轼上表朝廷，请求治理西湖，得到了欣赏他的主政太后高太后的恩准。于是苏轼带领四万民众，用四个月的时间疏浚了西湖。水草清除了，河底的淤泥也清理了，可是又面临一个新问题，挖出来的淤泥怎么办?

当时西湖四周都有居民，他们从西湖的南岸到北岸，往往要绕湖走一圈。为了方便群众，苏轼想出了一个绝妙的点子。他把挖出来的水草和淤泥，连通西湖的南北两岸，建成一条蜿蜒的长提。长堤建成后，他又沿着湖堤栽种了大量花草树木，修建了六座石拱桥和九座亭台。苏轼还用他的绝世才情，为六座桥取了美丽的名字，分别是映波、锁澜、望山、压堤、东浦、跨虹。后人为了纪念苏轼的历史功绩，就将这座长堤取名为苏公堤，简称苏堤，而“苏堤春晓”成了“西湖十景”之首。

西湖疏浚工程结束后，为了不使西湖水面的杂草再生，他就将水草滋生区租给农民种菱角。为了防止西湖旧有不长水草的水面被人侵占，他就在新旧水面交界处立了三座石塔。后来，这三座石塔也成了“西湖十景”之一——“三潭印月”。

苏轼还在杭州建立了中国最早的公立医院。为了预防饥荒，他稳定米价，赈灾济民，积极防范疫病的传播。为了抵御杭州的疫病之患，他筹集钱款，并且自捐五十两黄金，在杭州城建立了一家医院，名为“安乐坊”。医院里收纳贫困看不起病的人，三年内治愈病人数千人。

苏轼的这些举措，造福了一方百姓，功在千秋，利在当代。虽然千年已过，但是当我们今天再提到杭州时，必定会想起桃红柳绿、莺歌燕舞的苏堤；当我们再说起西湖时，一定会想起“苏堤春晓”“三潭印月”。当我们再吟诵起那句“欲把西湖比西子”的时候，你的眼前是不是浮现一个“淡妆浓抹总相宜”的绝代佳人呢？

/杭州：凤凰山下雨初晴

凤凰山下雨初晴，水风清，晚霞明。一朵芙蕖，开过尚盈盈。何处飞来双白鹭，如有意，慕娉婷。

忽闻江上弄哀筝，苦含情，遣谁听！烟敛云收，依约是湘灵。欲待曲终寻问取，人不见，数峰青。

——《江城子》

苏东坡广为后世传颂，是人们最喜爱的文人之一。这得益于他不仅是个政绩斐然的好官员，还是个平易近人、善交广游的伟大文人。民间流传着他的很多趣闻轶事，给他原本凄苦的贬谪生涯增添了很多轻松诙谐的喜剧色彩。当然，这除了是因为苏东坡自身活泼、旷达的个性使然，更多体现的是人们对他的喜爱之情。

苏东坡好游玩，在他做杭州通判期间，杭州的山山水水让他感到怡然。据说有一次，他和著名词人张先在西湖游玩，邂逅了一位弹筝女子，于是便有了这首词。

先来说一说张先是谁。张先就是那个写“云破月来花弄影”的人，人称“张三影”。或许说到这儿，你对他还没有印象，但如果说起“一树梨花压海棠”，你一定会忍不住笑起来。张先一生诗酒风流，安享富贵，在他八十岁时仍娶十八岁的女子为妾。一次家宴上，他得意地赋诗一首：“我年八十卿十八，卿是红颜我白发。与卿颠倒本同庚，只隔中间一花甲。”苏东坡是个性情开朗、喜欢淘气调侃的人，他急忙和上一首：“十八新娘八十郎，苍苍白发对红妆。鸳鸯被里成双夜，一树梨花压海棠。”从此，“一树梨花压海棠”的故事就流传下来了。

据说，那天四十岁的苏东坡和八十岁的张先在西湖边游玩，忽然有一艘彩船迎面驶来。船上有一个风姿绰约、仪态风雅的女子，走出船舱与他们相会。那女子说她从小就仰慕苏子的才华，养在深闺时不便出门相见，现在已嫁作人妇，听说苏子今日游湖，就不顾旁人的眼光和家人的责备，特地赶来一睹苏子的风流俊雅。为了表达对苏子的仰慕之情，她愿意为苏子献上一曲古筝曲。

琴声宛转悠扬，似高山流水般叮叮咚咚，苏东坡和张先陶醉在乐曲声中。一曲奏罢后，苏东坡和张先还没从乐曲袅绕的余音中苏醒，那女子便起身朝苏子盈盈下拜，请苏东坡为她题诗一首，作为毕生荣耀。一时间，苏轼感慨万千，便写下这首《江城子》。

词的大意是：雨后初晴的凤凰山，云淡风轻，晚霞明丽，一切的一切都像被清水洗过一样清新秀丽。碧波荡漾的西湖水面上，眼前的一朵荷花，虽然已经开过了，但是仍然不失莲的纯净和美丽。不知从什么地方飞过一对白鹭，就连它们也有意来倾慕弹筝人的芳颜。

忽然听见从江面上传来哀伤的曲调，那琴音如慕如怨、缠绵哀婉，让人不忍心去听。湖面的烟霭也为之敛容，云彩也为之失色。这绵绵的琴音，好像是湘水女神在弹奏、在倾诉自己的哀伤。一曲终了，听者还没有醒悟过来，她就已经飘然远逝，只有巍巍的青山，仍然静默地立在湖边，冷眼看着眼前的一切。那哀怨的乐曲，似乎仍然在山间水际荡漾。

这首词，苏东坡紧扣“闻弹筝”这一词题，富有情趣地从多方面描写弹筝者的美丽与音乐的动人。他将弹筝人置身于西湖的雨后初晴，晚霞明丽的湖光山色之中。人物和景色相映成画，音乐和山水相得益彰，向读者展现了一幅人间仙境，也展现了他和弹筝女子之间的一段怅然奇遇。

苏子的可爱之处，不仅在于他的诙谐旷达，也在于他的坦荡和率真，他毫无隐晦地将他与弹筝女子的这段奇遇写成词。在生活中，苏子与人相处也是坦坦荡荡，从不讲究什么繁文缛节，也不避讳什么世俗礼法。

据说，苏轼在杭州期间，曾与歌女琴操参禅论佛，引她渡慈航。

歌女琴操生于官宦之家，幼年父母双亡，孤苦无依，十几岁的她就被迫沦为西子湖畔的卖笑之人。不过，琴操自幼读书，善诗文，还十分喜欢谈禅咏诗。苏轼十分欣赏她的才华，常与她畅谈佛理。有一回，苏轼和她一起去拜访大通禅师。大通禅师是个持戒森严的有道高僧，所以他对苏轼带女人过来见他，十分不满。苏轼看出了禅师的不满态度，就对禅师说，如果您手中的木鱼能借给琴操姑娘一用，我就写首诗向您赔罪。苏轼的才情誉满天下，能求得他的诗词书画，是件很荣幸的事。于是禅师就答应了他的请求。

片刻之间，苏轼挥毫成就了一首词，他把词交给琴操，让琴操敲着木鱼唱：

师唱谁家曲，宗风嗣阿谁？借君拍板与门槌，我也逢场作戏莫相疑。

溪女方偷眼，山僧莫皱眉，与愁弥勒下生迟，不见阿婆三五少年时。

大通禅师听了这段如同舞台小丑自白的词，忍不住哈哈大笑。于是苏轼和琴操走出禅房，向人夸口说他俩学到了“密宗佛课”。

苏子就是这般的淘气、俏皮、可爱。但他却怀有一颗纯真的赤子之心。苏轼视琴操为红颜知己，怜其聪慧美丽，惋惜她流落风尘。于是在一次游湖时，他借参禅来开悟她。

苏东坡问琴操：“何谓湖中景？”

琴操回答说：“落霞与孤鹜齐飞，秋水共长天一色。”

苏东坡又问：“何谓景中人？”

琴操对曰：“裙拖六幅长江水，髻挽巫山一段云。”

苏东坡紧接着问：“何谓人中意？”

琴操立马对曰：“随他杨学士，鳖杀鲍参军。”

苏东坡紧追不放，追问：“如此究竟何如？”

琴操一时默然。

苏东坡这时拍案而起，说：“门前冷落车马稀，老大嫁作商人妇。”琴操闻言顿时领悟到，自己现在年轻貌美，追求的人络绎不绝，要是等到年老色衰时，一切繁华皆是一场梦，到头来自己还是免不了《琵琶行》中琵琶女的悲惨命运。等到“门前冷落车马稀，老大嫁作商人妇”时，自己面临的也将是和琵琶女一样的“商人重利轻离别”“梦啼妆泪红阑干”的结局。

琴操是个有慧根的人，听了苏轼的这番话，就动了出家的念头。从此，杭州城内少了一位能诗善歌的绝色佳人，城西的玲珑山别院多了一个礼佛诵经的清心女尼。《东坡笔记》还记着琴操一阕《谢东坡歌》：

> 谢学士，醒黄粱，门前冷落稀车马，世事升沉梦一场，说什么鸾歌凤舞，说什么翠羽明珰，到后来两鬓尽苍苍，只剩得风流孽债，空使我两泪汪汪。我也不愿苦从良，我也不愿乐从良，从今念佛往西方。

苏东坡一语惊醒梦中人，原本一颗沉迷于西湖烟波画舫中的芳心，毅然皈依玲珑山的古佛青灯。后来琴操死后就葬于此地，于是杭州城又多了一个让世人感慨的地方。

“欲待曲终寻问取，人不见，数峰青。”世事不过是一场大梦，你看那如花美眷，终敌不过似水流年。眼前恰似繁华一场，待到曲终人散时，未待梦醒，已是人不见，空留凄凉一片！

/密州：老夫聊发少年狂

老夫聊发少年狂。左牵黄，右擎苍。锦帽貂裘，千骑卷平冈。为报倾城随太守，亲射虎，看孙郎。

酒酣胸胆尚开张。鬓微霜，又何妨。持节云中，何日遣冯唐。会挽雕弓如满月，西北望，射天狼。

——《江城子·密州出猎》

诗庄词媚，自五代以来，词所盛行的是“花间派”的离愁别恨和风花雪月。南唐后主李煜，曾扩大了词的表现力，将词的内容扩展到国仇家恨。北宋初年的范仲淹也曾用词写出了慷慨悲凉的边塞风光，如《渔家傲·秋思》《苏幕遮·怀旧》，但词的表现内容还很狭小，人们不敢对此做出更大胆的尝试。到了苏轼的时候，他对词做出了大胆改革，让词和诗歌、散文一样，也能反映现实和时代精神。

熙宁七年（1074年），苏轼任密州太守。当年密州蝗灾，盗匪四起，老百姓举家以食草木为生。灾难中的民众，家家养不起幼儿，为了活命，他们都将幼儿抛弃到城外、路边，为人父母者如果不是日子过不下去，谁又会将亲生骨肉抛弃呢？在上任密州的路上，苏轼沿途看到这样惨绝人寰的场景很痛心。老百姓生活在水深火热之中，可当地官员却对朝廷瞒报灾情，以致朝廷以为密州太平。苏轼到任后，一面努力想办法组织群众抗灾，一面上书朝廷请求减免贫困人户的赋税，同时还机智地剿匪。除此之外，他还从官仓中移出部分粮食，专门收养弃儿。为了彻底解决弃婴的问题，他上表朝廷，给愿意收养弃婴的家庭补助粮食。

当年密州下了一场暴雪，苏轼以为蝗虫会被冻死，第二年不会再爆发蝗灾，结果来年密州大旱。带着为密州人民求得风调雨顺的美好愿望，苏轼带领民众祭山神求雨。熙宁八年(1075年)，苏轼在求雨的归途中与同僚举行了一次小猎。这次郊外打猎活动激发了苏轼的雄心壮志，他联想到了西北边陲大宋和西夏的战事，于是他用豪放的笔触，用词的形式，表达了他的爱国主义情怀。这首《江城子·密州出猎》是公认的第一首豪放词。

“老夫聊发少年狂。”苏轼写此首词时三十八岁，正值盛年，他却自称“老夫”自嘲，与“少年”形成了强烈的反差。苏轼之所以有这样的心态，是因为他反对王安石变法，在朝堂之上备受排挤打击，最后不得不自请外放。苏轼读书万卷，心中有济世经国的理想和抱负，却得不到施展，所以他一直郁积于心，自觉年华老大，就自称“老夫”。这句词，流露出了他内心郁积的情绪。一个“狂”字，一吐胸中块垒，抒发了雄健磊落的豪放之气。

“左牵黄，右擎苍。锦帽貂裘，千骑卷平冈。”他左手牵着猎狗，右手擎着猎鹰，头戴锦帽，身着貂皮猎装，英姿飒爽，气宇轩昂。一个“卷”字，表现了他所率领的队伍万马奔腾的磅礴气势。全城的百姓倾城而动，来看他们爱戴的太守行猎。这样壮观的情景，不由得激发了他气冲斗牛的豪情。为了报答百姓们随行出猎的情义，他决心像孙权当年那样亲自射杀老虎，以表谢意。

“亲射虎，看孙郎”这句有个典故，《三国志》记载，孙权在一次行猎中，所骑的马被虎所伤，他镇定地在马前用长矛击毙了老虎。苏轼的意思是，他要像当年的孙权那样挽弓射虎，以展现自己的少年狂气。

词的上阕气势雄壮豪迈，读后令人酣畅淋漓。狩猎结束后太守和他的同僚们一起“酒酣胸胆尚开张”。联想到自己虽然已人到中年，两鬓微霜，但是仍然豪情满怀，雄风不输少年。因此他说“鬓微霜，又何妨”。

“持节云中，何日遣冯唐。”此句的典故是：汉文帝对冯唐感慨自己没有遇到廉颇、李牧那样的好将领，他想要是有，就不会忧虑匈奴了。冯唐直言不讳地告诉汉文帝，即使他得到廉颇、李牧，也不会任用他们。

汉文帝听了冯唐的话，感觉受了侮辱，勃然大怒。冷静后，他又召见冯唐，问他为什么当众侮辱自己？怎么知道自己不会任用廉颇、李牧的呢？冯唐说，将在外君命有所不受，李牧在赵国边境统率军队时，赏赐由将军在外决定，朝廷从不干预，所以李牧才能够充分发挥才智，那时的赵国几乎成为天下的霸主。当今的魏尚担任云中太守，他把军市上的税金全部用来犒赏士兵，还拿出个人的钱财，宴请宾客、军吏、亲近左右，因此匈奴人远远躲开，不敢靠近云中边关要塞。但魏尚只犯了错报多杀六个敌人的罪过，就被削夺爵位，判处一年的刑期。冯唐由此判断，汉文帝即使得到廉颇、李牧，也是不会重用。其实，冯唐这段话是用激将法，激汉文帝放了魏尚。

汉文帝听了冯唐的话，悟出了其中的深意，就立刻让冯唐拿着节杖前去赦免魏尚，让魏尚重新担任云中太守。

苏轼在此以魏尚自比是有深意的，他因反对新法而被贬谪，但是他的报国雄心还在。他希望有一天，朝廷也能派遣像冯唐那样的义士，来为自己请命，希望自己也能像魏尚一样受到重用，戍边卫国。

宋朝自太祖赵匡胤以来，一直以文官制约武官，以致“兵无常帅，帅无常师”。北宋名臣范仲淹就是一介文官，但是他屡次镇守边关，和西夏对峙。他的那首著名的《渔家傲·秋思》写的就是边塞情景。其词云：

塞下秋来风景异，衡阳雁去无留意。四面边声连角起，千嶂里，长烟落日孤城闭。

浊酒一杯家万里，燕然未勒归无计。羌管悠悠霜满地，人不寐，将军白发征夫泪。

因为宋朝祖制如此，所以苏轼作为一介文人，有像魏尚那样镇守边关的想法，也就不足为奇了。

因北宋重文轻武，导致国力不振，国势羸弱，国防力量薄弱。

到了宋仁宗、宋神宗时代，主要边患是辽和西夏。虽然签过屈辱的和约，可是军事上的威胁还是很严重的，边境时常受到他们的侵扰，著名的评书《杨家将》说的就是那段历史时期的事。因国家积贫积弱，北宋朝廷不得不称臣纳贡，以换取暂时的和平，因此令许多有气节之士义愤难平。

此时，苏轼想到国事，又联想到自己怀才不遇、壮志难酬的处境，于是就抒发了“会挽雕弓如满月，西北望，射天狼”的夙愿。全篇词气势雄伟，大有“横槊赋诗”的气概。把词中历来香艳的吴侬软语，变成可报国立功的黄钟大吕之声，一扫五代十国时期的旖旎、靡靡之音。拓展了词的表现范围，提高了词的意境。

苏轼此词写的是“密州出猎”，表达了自己报国的雄心壮志。但是不知他在表达自己“西北望，射天狼”的愿望时，会不会想到国家屡遭侵犯的根本原因是什么。南宋度宗的宠妃王清惠，在被蒙古人俘虏向北，路过故都汴京时，曾写下一首《满江红》。她在词中写道：“对山河百二，泪盈襟血。”深居后宫的女流，都知道国家衰亡的原因是边关没有士兵驻守，导致大好河山拱手让人。难道整个大宋只有王安石一个人看出了朝政的弊端？

如果苏轼明白了此中道理，还会反对王安石变法吗？如果王安石能放慢脚步，耐心等待，得到大家的支持，那么变法还会失败吗？毕竟反对变法的司马光、欧阳修、苏氏父子等人，都是朝中君子、人中龙凤呀！如果这些有为君子不被贬谪下野，让那些投机小人有机可乘，变法又怎会失败？

苏轼的这首词开创了宋词豪放派的先河，这是苏词的意义所在。只是读到这首词，便会让人想到另一个豪放派词人辛弃疾，以及南宋爱国诗人陆游，还有写出了宋词最后光辉的文天祥。如果所有人都意识到“会挽雕弓如满月，西北望，射天狼”，那么又怎会有后来的“靖康耻”呢？

/ 密州：诗酒趁年华

春未老，风细柳斜斜。试上超然台上看，半壕春水一城花。烟雨暗千家。

寒食后，酒醒却咨嗟。休对故人思故国，且将新火试新茶。诗酒趁年华。

——《望江南·超然台作》

爱极了苏子的这首《望江南》，只为其中的一句“诗酒趁年华”。表达过相同意思的还有一个人，他就是北宋词人晏殊。他说：“一向年光有限身，等闲离别易销魂，酒筵歌席莫辞频。”我以为，晏殊这句词的格局不如苏子的“诗酒趁年华”。

晏殊是位太平宰相，一生安享荣华，他没有经历过仕途的大风大浪，因而他在词中劝人“酒筵歌席莫辞频”，以安享盛世太平。而苏子的境遇与他不同，虽然同为神童级的人物，苏子却因其率真、不合时宜，屡遭政治打击。因而，在感慨生命不再现、时光不重来时，晏殊选择的是享受生命——“酒筵歌席莫辞频”，而苏子选择的是让生命有意义——“诗酒趁年华”。

苏子二十岁参加科考，因一篇科考奇文深得当时的主考官欧阳修赏识。欧阳修是当时的文坛领袖，读罢苏子的文章后，曾对人感慨：几十年后你们都只知道苏轼，而不记得我了。就连宋仁宗也高兴地对他的皇后说，我为子孙又觅得两位太平宰相（指的是苏轼和苏辙）。革新派领袖王安石，也曾感慨：不知道再过几百年才能出现像苏轼这样的天才。

然而，就这样的一位天才，却因反对王安石变法而屡遭贬谪。当他从杭州被贬谪到密州时，敬爱的父亲和亲爱的妻子王弗都已离开人世，那首著名的天下第一悼亡词《江城子·乙卯正月二十日夜记梦》，就是在密州任上写的。自己仕途不顺，一腔抱负难以实现，而生命中至爱的亲人已到另一个世界，即便是“不思量”，也“自难忘”，现实中唯一的亲人只有弟弟子由了。在一个万家团圆的中秋夜，苏子万般思念弟弟子由，他对月抒怀，写下了千古绝唱《水调歌头·中秋》。他想“乘风归去”，离开这纷纷扰扰的世界，但是这世间还有许多的留恋，让他回归了现实，他有自己的亲人，还有自己未立的功名。

带着这样的苦闷和愁绪，在熙宁九年（1076年）暮春，苏轼登上了“超然台”。他眺望春色烟雨，不禁触动乡思，写下了这首《望江南》。

宋神宗熙宁七年（1074年）秋，苏轼由杭州移守密州。次年八月，他命人修葺城北旧台，并由弟弟苏辙题名为“超然”，取《老子》“虽有荣观，燕处超然”之义。这便是“超然台”的来历。

苏轼的这首《望江南》，将豪迈之情溶于婉约之中，通过春日丽景和他神情的复杂变化，表达其豁达超脱的襟怀和“用之则行，舍之则藏”的人生态度。

“春未老，风细柳斜斜”，这句点明了是暮春时节，因为春天还没有结束，所以风还是那样温柔，碧绿的杨柳很享受这样温情的吹拂，在微风中袅娜起舞。

春天的柳是醉人的，然而，登上超然台后，所见之景更是让人沉醉。“试上超然台上看，半壕春水一城花。烟雨暗千家。”登上超然台远远眺望，只见城外护城河里只半满的春水，在阳光下泛着粼粼的波光，在春风中微微地闪动。城内则处处都是缤纷竞放的春花。春雨迷蒙，远处的人家，家家瓦檐都笼罩在朦胧的烟雨中。“烟雨暗千家”隐含了词人淡淡的忧郁之情，蒙蒙烟雨又触动了他的思乡之念。

寒食节在清明节前一二日，这两天禁烟火，只吃冷食。因为寒食节后就是清明节，在这个特殊的日子里，任由谁都会思念起自己的故乡，因而苏轼在这一年一度的“寒食节”后，“酒醒却咨嗟”。

他的内心是满怀愁绪的，这种愁绪除了是仕途的不得意，还有对故乡的思念。人在艰难不得意时，最渴望的就是亲情的抚慰，因为亲人的爱就是最温暖的港湾。无论多疲惫的心，只要有亲人、爱人的关怀和抚慰，一定能修整好自己，重新扬帆起航。而此时的苏轼，离家万里，父亲和原配妻子王弗皆已到另一个世界了，他们隔着的不仅仅是千山万水，还隔着一抔冰冷的黄土。他想对他们倾诉自己这些年的盛衰荣辱、得意失落，但是家在万里之外，自己有家却不能回。“酒醒却咨嗟”的叹息，正表现了苏轼的思想，处于极度的矛盾之中，思归却又不能满足。

此时的故乡和逝去的亲人，是苏轼心中最柔软的地方，不能触碰，一碰便会有泪涌出，因此他只好“休对故人思故国，且将新火试新茶”，以此来自我安慰和解脱。内心的这种复杂情感，不便言说，也无法排遣，他只能到超然台上登高望远，希望春风能将这份绵长的思念，吹到自己的故乡眉山。那故乡逝去的亲人会明白自己的心意，纵然是“相顾无言”，也会因彼此的心意相通而“惟有泪千行”。“休对故人思故国”寄寓了词人对故国、故人不绝如缕的思念之情。

逝去的人终究已逝去了，活着的人还要好好活着。纵然是宦海沉浮，人生失意，但是日子还是要过下去的。内心的这种纠结和失落，暂且放下不说了吧，还是点燃寒食后的新火，煮一壶今年新上市的新茶，细细品茗吧，茶中自有另一番人生。“且将新火试新茶”是写词人为摆脱思乡之苦，借煮茶来排遣对故乡的思念之情，既隐含着他难以解脱的苦闷，又表达了为解脱内心苦闷的自我心理调节。

人生得失相伴，有得必有失，有失也必有得，重要的是看你用什么样的心态面对。不拘泥于过往，不拘泥于得失，这就是苏子的可爱之处。他没有像晏殊那样醉心于歌舞宴会享受生活，而是在失意的人生中成就另一番自己——“诗酒趁年华”！

苏子是这样说的，也是这样做的。尽管他一生颠沛流离，但他每到一处都致力于解决当地百姓的民生问题，也从没放下手中的三寸狼毫。在他人生最凄苦的日子里，他依然克服困难著书立说。在黄州雪堂，他注解了《论语》和《周易》，在惠州和儋州时，又对其进行了修订。在苏轼的一生中，有许多不朽的篇章，都是他处于人生低谷时创作的。如果苏轼不是经历了一场莫须有的“乌台诗案”，他又怎能创作出惊天动地的传世佳作《念奴娇·赤壁怀古》？

大江东去，浪淘尽的是那些所谓的王者、得意之人。真正不朽的千古风流人物，是那些为国立功、为民立德、为后世立言的人。苏子便是这样的人！

“诗酒趁年华”！无论人生是什么样的境遇，都不要辜负这仅有的一次生命。只要你用心了，你所有的付出，时光都不会辜负！

/ 徐州：簌簌衣巾落枣花

簌簌衣巾落枣花。村南村北响缫车。牛衣古柳卖黄瓜。

酒困路长惟欲睡。日高人渴漫思茶。敲门试问野人家。

——《浣溪沙》

这首色调明快的清丽小令，是苏轼四十三岁在徐州任太守时所作。熙宁九年，也就是公元1077年，朝廷派苏轼任徐州太守。公元1078年春天，徐州发生了严重旱灾，作为地方官的苏轼，按当地的风俗，要率众人到城东二十里的石潭求雨。求得及时雨后，苏轼又与百姓同赴石潭谢雨。在赴徐门石潭谢雨路上，苏轼目睹了当地百姓丰收的景象，他抑制不住内心的喜悦，写成组词《浣溪沙》，题为“徐门石潭谢雨道上作五首”，这是其中的第四首。

“簌簌衣巾落枣花”，指的是枣花纷纷落下，落在人的头巾上。这句话说明，当时的苏轼一定是微服出行，经过村庄里的枣树下。苏轼是个亲民的好官，他每到一处皆能造福一方百姓，深受当地百姓的爱戴。他出门祈雨，并没有像有的官僚那样，鸣锣开道，惊扰一方百姓，而是选择轻车简从，微服前行，从这个细节，就可以看出苏轼很亲民。

作为一方父母官，最大的愿望就是看到自己的子民能够安居乐业。苏轼在前去祈雨的路上，沿途看到的是这样的一幅景象：

“村南村北响缫车。牛衣古柳卖黄爪。”“缫车”是一种抽取蚕丝的手摇工具。村子里从南头到北头，家家户户缫丝的声音响成一片。四月正是采桑缫丝的季节，妇女们都在村头陌上采桑，坐在自家的窗下缫丝织布。宋朝无名氏的一首《九张机》，写的就是一位年轻女子采桑织布的情景。其中的一句“吴蚕已老燕雏飞。东风宴罢长洲苑，轻绡催趁，馆娃宫女，要换舞时衣”，说的就是“村南村北响缫车”这种情景，每年此时，家家户户都必须纺纱缫丝交赋税。

这里，有枣花纷纷散落，有缫车吱呀歌唱，在路边古老的柳树下，还有一个身披蓑衣的农民在卖黄瓜。簌簌的落花声，嗡嗡的缫车声，还有瓜农的叫卖声，这些画面都生动地展现了农村一派欣欣向荣的景象，富有浓郁的生活气息。看到这样的一幅祥和的景象，苏轼的内心是欢喜的。

苏轼初到徐州任上，就遇到了黄河泛滥，他组织民众抗洪。为了彻底解决黄河泛滥对徐州城的影响，他还组织民众建筑了黄楼。后来又遇到旱灾，苏轼又带领民众去祈雨。现在，他看到自己的辛苦付出，换来了老百姓安居乐业的场景，他的内心怎能不高兴？因而整个画面充满了轻快和喜悦。

这首词不仅是写景，还记了事。下片记载了词人自己的一些活动。微服出行在谢雨的路上，这时他已是“酒困路长惟欲睡”。“酒困”是酒后困倦，说明他上路前喝过酒了。“路长”说明目的地很远，而他已走了很长的路程。“惟欲睡”写出了他旅途的困倦，一般人酒后都容易犯困，更何况是在炎炎烈日下的长途跋涉呢？这一句已经把他长路远行，又累又乏的状态生动地描绘出来了。

初夏的太阳虽然不如盛夏那样火辣，但晒在人身上已滚烫。在这样的太阳下赶路，很容易感到燥热、口渴，更何况太阳已升高，临近中午了呢？人在酒后易口干，在又乏又累的骄阳下赶路，更容易觉得口渴，这时词人不由得想喝杯茶润喉解渴，于是他“敲门试问野人家”。

“野人家”指的是乡下老百姓的家。作为徐州最高长官的苏轼，他出行时非但没有隆重的仪仗，而且还是低调的微服出行。在他疲乏口渴的情况下，他没有命令随从差役去索要，而是自己亲自去敲老百姓家的门，客气地同人家商量：老乡，能不能给一点茶解解渴呀？

“试问”一词的使用，既写出了词人渴望得到一杯茶解渴的急迫心情，又写出了他的担心和顾虑。他担心在农忙季节里，万一农家无人，自己不便贸然而入，所以要“敲门试问”。整首词不事雕琢，却将整个画面刻画得栩栩如生，一位谦和、平易近人的太守形象跃然在纸上。同时也说明了苏轼与当地民众关系亲近、自然。

苏轼在徐州太守任上，还为徐州人民做了一件好事，就是采煤。徐州过去没有发现煤，柴米奇贵。公元1078年，苏轼派人在白土镇找到了煤，解决了民用燃料和冶铁燃料问题。苏轼忧民所忧，急民所急，徐州人民怎能不爱戴他？

这样的一位亲民长官，他不是高高地坐在衙门里，而是时时刻刻处在救灾一线，和民众们在一起，他们之间不是对立的官与民的关系，而是可以肝胆相照的朋友关系。

所以尽管词中没有交代苏轼有没有要到一碗解渴的茶，但是我们完全可以想象出当时的情景。他一定是得到了“野人家”的热情款待，甚至人们会对他的到来奔走相告，他会得到全村人的热烈拥戴。淳朴的乡民们，要用他们最真挚、最朴素的情怀，来表达他们对这位可敬、可爱的太守的感激之情。

但凡爱人者，人恒爱之。苏轼每到一处都留下了不朽的功绩，正是源于他对民众的热爱，他才博得了民众对他的爱戴。在他最艰难的贬谪生活里，这些广大的农民朋友的关怀和支持，给了他惨淡的人生光明和温暖。正是这些光明和温暖，给了他面对艰难和困苦的勇气，也使他变得旷达、洒脱，成就了史上独一无二的他！

/徐州：欲寄相思千点泪，流不到，楚江东

天涯流落思无穷！既相逢，却匆匆。携手佳人，和泪折残红。为问东风余几许？春纵在，与谁同！

隋堤三月水溶溶。背归鸿，去吴中。回首彭城，清泗与淮通。欲寄相思千点泪，流不到，楚江东。

——《江城子·别徐州》

读了这首《江城子·别徐州》，蓦然想到了被誉为“现代柳永”——李健的一首歌《假如爱有天意》：

当天边那颗星出现/你可知我又开始想念/有多少爱恋只能遥遥相望/就像月光洒向海面/

年少的我们曾以为/相爱的人就能到永远/当我们相信情到深处在一起/听不见风中的叹息/

谁知道爱是什么/短暂的相遇却念念不忘/用尽一生的时间/竟学不会遗忘/

……

这首歌是李健在“我是歌手”第三季突围赛中演唱的，他翻唱的是韩国电影《假如爱有天意》的主题曲，并且亲自动笔填写中文

歌词。

这首歌词写的是两个深爱的人被迫天各一方，尽管他们各有彼此的生活，却仍然念念难忘。我之所以将这首歌和《江城子·别徐州》联系起来，是因为苏轼临别徐州时所产生的情愫，与这首《假如爱有天意》无二。

苏轼对徐州是有深厚感情的，尽管他在徐州任上只有两年，但在这短短的两年中，他为徐州百姓做了不少实事。原本宋朝官员是三年一任，但苏轼三年任期还没满，就出乎意料地被调往湖州任太守。苏轼对徐州付出了心血和情感，换来了徐州民众的安居乐业。眼下，刚看到老百姓过上好日子，他就要离别，奔赴下一个人生渡口，如此他怎能舍得分离？

离别前的那一刻，苏轼的内心是百感交集的，所以他说："天涯流落思无穷！既相逢，却匆匆。"是呀，人生既然相逢了，又为什么会有离别，而且还是这般的匆匆？我们刚因邂逅相逢充满喜悦，却又要骤然分别，以致我流落天涯也难忘相逢的这番情意。苏轼在外做官多年，常常是马不停蹄地换任，形同浮萍，所以他自视天涯流落之人。苏轼在徐州仅两年，又调往湖州，南北辗转之际，更增加了他的天涯流落之感。这一句同时也饱含着他对猝然调离徐州的感慨，也有对徐州人士的依依惜别之情。

离别就在眼前，可是忍别离，不忍却又离别，我只能牵着前往送别朋友的手，"和泪折残红"。离别时，依依惜别的那一幕是让人永生难忘的，这满眼的落花，让人睹物伤怀，情思绵绵，辗转不忍离去。"为问东风余几许？春纵在，与谁同！"不必问，这春光还剩几许，因为，即便是春意还在，我只能孤单一人面对，因为已经没有故人再与我一同欣赏了。

“隋堤三月水溶溶。背归鸿，去吴中。”三月的隋堤，杨柳依依，春水溶溶。此时正是鸿雁北归的时候，可我却要南迁到飞鸿过冬的湖州。“胡马依北风，越鸟巢南枝。”连北方的骏马、南方的候鸟都知道留恋自己的故乡，我怎能不留恋徐州呢？在我心里，徐州就是我的第二故乡呀！

“回首彭城，清泗与淮通。欲寄相思千点泪，流不到，楚江东。”策马扬鞭，我不得不奔赴湖州。在途中我频频回顾，直至去程已远，回望旧地，只见清澈的泗水由西北而东南，向着淮水缓缓流去，在徐州城下交汇。我想让泗水寄去我的千行相思泪，可是纵然我的思念之情山高水长，怎奈这泗水流不到湖州呀。

苏轼的这首词，将他郁积的愁思溶入即时即地的景物之中，抒发了他对徐州风物人情的无限留恋，并且在离愁别绪中，融入了自己身世浮萍之感。

公元1077年四月，苏轼被派往徐州做太守，他的弟弟苏辙陪他一起到徐州，并在徐州住了三个月，和苏轼一起面对防洪的困难。

徐州处于黄河流域，每年都饱受黄河泛滥之灾。苏轼到徐州后，就和弟弟一起到民间调查走访。较全面地掌握了徐州的情况后，他们又仔细地查实了徐州的地形和水道。做好调查研究后，苏轼动员官民做好防洪准备，并准备好防洪物资。

汛期到来时，黄河决堤，淹没了四十五个州县。徐州因苏轼未雨绸缪得好，没有被淹没，但也面临危险。洪水来得太迅猛了，迅猛得远远超过人的预料。因徐州四面环山，洪水出不去，徐州城随时随地都有被淹的可能。满城人都惶惶不可终日，有一些富户人家，收拾好金银细软准备外出逃难。这时，苏轼亲自登门做工作，并且坚定地对他们说，只要我在，徐州城一定能保住！为了死保徐州城，苏轼把自己的生死置之度外，老百姓们非常感动，于是全民投身到抗洪救灾中。

光靠城中老百姓的力量抢修堤坝是不够的，苏轼想到了动用禁军。因为禁军由皇帝直接掌控，苏轼无权调用，但是面临这样危急的情况，他顾不得泥泞，一路跑到禁军营中，请求禁军首领援助修坝。禁军首领被苏轼深深地感动了，他动员军队和徐州民众一起投身抗洪救灾行动中。苏轼以身作则，坚守抗洪一线，他和军民们风餐露宿两个月后，终于保住了徐州城。全城人欣喜若狂，都张灯结彩地庆祝胜利，人们的内心万般感激苏轼拼死保城。

苏轼并没有被胜利冲昏了头脑，他反而更深远地想到，为了确保徐州今后的安全，要重新修城筑坝。他屡次上书朝廷请求拨款，并亲自监督修建工程。为了纪念抗洪胜利，苏轼在东门修建了一座楼台，取名“黄楼”。之所以取名“黄楼”是有一番深意的，“黄”代表土，在金、木、水、火、土五行中，土能克水，所以取名“黄楼”。经历了前一年洪水之灾的人们，格外地感到眼前平安的来之不易，他们内心愈发爱戴苏轼这个为民造福的好官。苏轼在徐州抗洪救灾的功绩，可以说是他一生政绩中最为浓墨重彩的一笔。

为了抗洪救灾、修城筑坝，苏轼几乎和民众们朝夕相处。人们早就熟悉了这个才华横溢，却又豁达诙谐的太守。徐州人内心感激他、爱戴他，把他视为自己的亲人。而苏轼在与徐州百姓相处的过程中，也俨然把他们当做了自己的朋友、家人。爱是对等的，你付出了多少，也能收获回报多少。苏轼为徐州民众付出了全部的自己，所以他才会产生“天涯流落思无穷！既相逢，却匆匆”的离愁别绪；也正是因为徐州百姓爱戴他，所以他才会有“欲寄相思千点泪，流不到，楚江东”的深情！

再回头听李健的这首《假如爱有天意》，歌词是写给深爱、却不能相见的爱人的。对于苏轼来说，徐州不就是他相遇短暂，却又念念难忘的“爱人”吗？

……

谁知道爱是什么/短暂的相遇却念念不忘/用尽一生的时间/竟学不会遗忘/

……

第五卷|**旷达苏子（一）**

明·吴伟《树下读书图》局部

/黄州：人生几度秋凉

世事一场大梦，人生几度秋凉？夜来风叶已鸣廊，看取眉头鬓上。
酒贱常愁客少，月明多被云妨。中秋谁与共孤光，把盏凄凉北望。

——《西江月》

提起苏轼，我们想起的必定是他的“大江东去浪淘尽，千古风流人物”。提起中秋，我们想到的一定是那句“但愿人长久，千里共婵娟”。是的，我们心中的苏子就像他所作的词一样，是豪迈、旷达的。只是，一个性情再豪迈旷达的人，也有悲苦落寞的时候，我们的苏子也不例外，他也曾发出“世事一场大梦”的感慨。

没有经历过人生大开大合的人，怎能体会到“世事一场大梦”的滋味？

熙宁九年（1076年），王安石由于被投机革新派的小人背叛，二度下野，退居金陵，从此不复还朝；而保守派领袖司马光也不在位，一时间朝局混乱。于是朝中一些小人打着“革新”的旗号，大肆打击自己的政敌，维护个人的利益。元丰二年（1079年），苏轼调任湖州太守，他在《湖州谢表》中曾对新政发过几句牢骚，于是被人抓住小辫子，几乎未能生还。

明清时代大兴文字狱，那是因为明朝开国皇帝朱元璋是个没有文化的乞丐出身，清朝皇帝是关外的蛮夷，因此他们对“清风不识字，何故乱翻书”这类的话特别敏感。然而在人文的宋朝发生文字狱，还真是令人咋舌。

苏轼被人从湖州官衙抓到京师，所谓的罪名都是从他的诗文当中牵强附会找出来的，是莫须有的。苏轼被捕后，又被抄了家。苏轼的续妻王闰之担心苏轼的诗文再被人查出什么把柄，就一把火烧了苏轼的文稿。

苏轼的长子苏迈陪同进京，照顾父亲。审讯苏轼的人是他的宿敌李定，李定是欲加之罪何患无辞，他恨不得置苏轼于死地而后快。在文字狱中，凡是和苏轼有诗词往来的人，均遭到牵连。苏轼和儿子在路上约定，平时送食只送菜肉，如果不测就送鱼。一次，苏迈有事，就托亲戚送饭菜，忘了说事先的约定，结果亲戚送的是鱼。苏轼以为大限已到，就在狱中写下两首绝命诗，请狱卒转交给弟弟苏辙。诗是这样写的：

圣主如天万物春，小臣愚暗自亡身。
百年未满先偿债，十口无归更累人。
是处青山可藏骨，他年夜雨独伤神。
与君今世为兄弟，更结来生未了因。

柏台霜气夜凄凄，风动琅珰月向低。
梦绕云山心似鹿，魂飞汤火命如鸡。
额中犀角真君子，身后牛衣愧老妻。
百岁神游定何处？桐乡应在浙江西。

他在诗中告诉弟弟子由，自己功没成、名未遂，留下的是“十口无家更累人”，让弟弟独自伤心。他希望能有来生，到时和子由再成为兄弟，好了结兄弟情缘。眼下自己命悬一线，伤愧没有什么留给妻儿。在狱中听说湖州和杭州的百姓为自己斋戒做道场以解厄，因此只有死后安葬在那里，好回谢他们。

这两首绝命诗传到了宋神宗那里，他十分欣赏苏轼的才华，再说他本身并没有想杀苏轼，不过是一群小人打着“革新”的招牌，对苏轼进行人身打击而已。苏轼的入狱，是宋朝新旧党争的正式滥觞。

整整一百三十天后，苏轼被以“讥讽政事”的罪名结案，他终于从臭名昭著的御史台走了出来，被贬谪黄州任团练副使。

这次事件使苏轼感觉仿佛做了一场大梦，他感慨“世事一场大梦，人生几度秋凉”。苏轼以一种历尽沧桑的语气写出，加上几度秋凉之间，使人感到季节交换萧条落寞，也备生人生的凄凉意。“夜来风叶已鸣廊，看取眉头鬓上。”秋夜已很凄清，再加上风叶鸣廊，更加使人觉得秋的萧瑟悲凉。人到中年，已抵人生的秋，再看镜中的自己已两鬓染霜，不由得惊觉人生短暂，一切恍若梦中。词人对人生的深思，也使读者感觉到阵阵寒意袭来。

自从“乌台诗案”以来，苏轼的许多亲友遭到牵连，还有的朋友因害怕被牵连有意疏远他。一向喜欢呼朋引伴的苏轼，独在黄州倍感寂寞孤独，他深深地体会到了什么是世态炎凉，所以他感慨“酒贱常愁客少，月明多被云妨”。小人当道，君子蒙尘，这是无法摆脱的现实，就像这天上的明月，时常被乌云遮掩。自己身遭贬谪，受人冷遇，也是无可奈何的事情。因此不可责怪那些和自己疏远的亲友。只是在这静寂的夜里，在这皓月当空之时，清秋的寒气阵阵袭人，自己心中的孤独凄凉之意又该怎样排遣？此情此景，唯有独自对月把酒，聊以解忧了。

“中秋谁与共孤光，把盏凄凉北望。”这句点出了作词的时间与主旨。中秋是传统意义上团聚的节日，词人以乐景写哀，使哀情为之更哀。他把酒“北望”，因为北方有他亲爱的弟弟子由。他知道，无论自己遭遇什么样的人生坎坷，弟弟子由一定在牵挂他。

孤独寂寥中的苏轼，渴望与弟弟一诉衷肠，无奈天遥地远，自己与子由天各一方。远贬黄州的他，只能在北望中借明月遥寄相思。“海上生明月，天涯共此时。”在同一轮明月之下，相思相望，却不能与之相聚。天明之时又不得不面临痛苦无奈的现实，苏轼因而陷入更为深沉的悲凉之中。

除了对子由的思念之情，苏轼此时的“北望”或许还有另一种含义。那就是他对他的朝廷还抱有奢望，他期望他的朝廷有朝一日能赦免自己，能再给自己报效国家的机会。后来他确实等到了机会，但机会不是宋神宗给他的，而是掌握朝政大权的高太后给他的。

这次刻骨铭心的牢狱之灾，使苏轼懂得要更加珍惜自由和生命。在没有俸禄的情况下，面对一家老小的生计，他在黄州积极开展生产自救，自己开荒种田。他自己学习酿酒，和当地的山野村夫交朋友，还发明了“东坡肉”“东坡羹”等菜肴。苏东坡就是苏东坡，无论多么艰难的日子，他都能过得富有诗意。

在黄州的日子里，他没有一味地喟叹命运的不公，而是积极地让生命活得更有意义。他在东坡自建雪堂，并在雪堂里注解了《论语》和《周易》。即便在劳乏的农耕之后，他也不忘苦读经典。在黄州期间，苏轼的诗文创作水平达到了巅峰，词也更加成熟起来。

“乌台诗案”对苏轼个人而言，是一种不公，但是从某种意义上来说，是“乌台诗案”成就了苏轼。没有经历人生大起大落的人，是领悟不透生命的意义的。苏轼正是经历了一场生死考验后，他才大彻大悟，思想才变得更加成熟起来。

“世事一场大梦，人生几度秋凉。”感慨之余，我们应该用“一蓑烟雨任平生”的豪情面对人世的艰难。因为生命只有一次，只有体验不同的人生，生命才有丰富感，也才能真正体会到“人间有味是清欢”。

/黄州：小舟从此逝，江海寄余生

夜饮东坡醒复醉，归来仿佛三更。家童鼻息已雷鸣。敲门都不应，倚杖听江声。

长恨此身非我有，何时忘却营营？夜阑风静縠纹平。小舟从此逝，江海寄余生。

——《临江仙》

我喜欢苏子的这首《临江仙》，喜欢词中的“小舟从此逝，江海寄余生”。人云：大隐隐于朝，中隐隐于市，小隐隐于野。等闲蓬蒿之人，没有足够的心胸和格局隐于朝，也没有太多的学识和智慧隐于市，可是面对红尘的纷纷扰扰，又想得一方清宁，那也只好小隐隐于野了。因而很多人向往“小舟从此逝，江海寄余生”的洒脱。

当年谢安隐居东山时，也曾和朋友乘舟迎风长啸。那些谱写了“魏晋风流”的士子们，也曾在竹林喝酒纵歌、肆意酣畅。只是在残酷的现实面前，我们都难以“忘却营营”，为了心中那点不灭的理想信念和所谓的功名。

苏子也曾有过“长风破浪会有时，直挂云帆济沧海”的理想，也曾有过经国济世的抱负，并且他也在为这种理想和抱负努力着。但是曾经的科场奇才，宋仁宗口中的宰相之才，却因一场莫须有的文字狱几乎丧命，最后被贬黄州。在黄州，他是戴罪之身没有俸禄，还要遭人看管。从鬼门关里走过一遭的苏轼，面对人生的巨大落差，他发出“世事一场大梦”的悲情慨叹。

一个人处于人生低谷时的态度，决定了他将来的反弹高度。在黄州的日子里，苏子在困顿中看透了生命的无常，他逐步从“世事一场大梦”的悲观情绪中走出。在他被贬黄州的第三年，也就是宋神宗元丰五年（1082年），在某个深秋之夜，他在东坡雪堂开怀畅饮，醉后返回临皋亭住所后，写下了这首《临江仙》。

“夜饮东坡醒复醉”，一开始就点明了夜饮的地点和醉酒的程度。这里的“东坡”并非人名，而是指黄州城东门外的一块坡地，苏轼著名的雅号“东坡”就是由此而来的。苏轼在东坡开荒种田以解决生存问题，后来又在这盖了五间草房，美其名曰“雪堂”，苏轼就是在雪堂里喝酒，醉而复醒，醒而复醉的。

苏轼一生好交游，但他贬谪黄州以后，“平生亲友无一字见及，有书与之亦不答”。和他有诗词往来的亲友们都受到了牵连，还有的怕被牵连都疏远他。面对这样的情形，尽管苏轼素以旷达作自我排解，但精神的折磨仍然让他心力交瘁。为了排遣内心的苦闷，他不得不借酒消愁。

借酒消愁愁更愁，一个人心中一定是有难以言诉的委屈，才会酒醉，醒了再醉。他要借这酒醉的瞬间忘却人间的痛苦，只有在酒醉的那一刻他的心灵才得到放松。但是醉了终究有醒来的那一刻，在醒来的那一刻，还是要面临残酷的现实。

再好的宴席也有曲终人散的时候。当苏子“醒复醉”后，回到临皋亭寓所时，自然很晚了。“归来仿佛三更”，“仿佛”二字，传神地刻画出了他醉眼蒙眬的神态。这里看上去似豪迈纵饮，其实表现的恰恰是饮酒者有意为之的借酒消愁。正因为如此，夜饮的结果才不是“醉复醒”，而是“醒复醉”。由此我们可以体会到苏轼的内心里，有即使用沉溺于酒中，也难以解脱的苦闷和抑郁。

“家童鼻息已雷鸣。敲门都不应，倚杖听江声。”夜色已深，家童早已沉睡，发出雷鸣般的鼾声。他还是个无忧无虑的孩子，哪里听得见主人的敲门声？只顾自己酣睡了。面对这样的情景，苏轼表现出的是一个长者的宽容慈祥，他没有责怪谁，而是索性坐下来聆听江边的潮水声。

在苍茫的夜空下，面对宽阔的江面，词人手拄拐杖静静地倚门而坐，聆听江水奔流的声音。鼻息声、敲门声和江潮声，反而衬托了夜的宁静，让人的身心不由得沉静下来。那一刻，人与大自然仿佛已融为一体，所有的尘世喧嚣，都在大自然的清风中烟消云散。读到此处，词中深沉的意境、厚重的沧桑感，以及超然的旷达之情，正透过文字在人的心中漫延。

清凉的江风将词人的酒吹醒了不少，在这宁静的夜色中，他不禁陷入了沉思，慨然长叹道：“长恨此身非我有，何时忘却营营？”这句深沉的喟叹似从苏轼的胸中忿然而出。他一生宦海沉浮，总是身不由己，无法掌控自己的命运，什么时候才能够彻底放下身心，不再为功名利禄而劳苦奔波呢？“长恨”揭示了他内心对官场生活的极度厌倦，以及对自由美好生活的向往。“何时”表示他其实还是很难真正忘却功名利禄。他向往归隐山林的自由生活，但是又放不下，这正是苏轼内心苦闷的根源。

儒家以为学而优则仕。这是几千年来，所有读书人的最高追求，苏轼也不例外。苏轼素有经国济世之心，虽然政治上屡遭打击，但要他一下子抛弃夙愿，归隐山林，仍是一个非常艰难的抉择。其实这句词诘问的不仅仅是苏轼自己，戳中的也是芸芸众生的心。我们都是这世上的赶路人，都有自己想要的生活和行走的方向，可是我们却为功名利禄所累，有时不得不为此放下尊严，蝇营狗苟。什么时候我们能放下所有的欲望真正做一回自己，过自己想要的生活呢?

“夜阑风静縠纹平。小舟从此逝，江海寄余生。”词人静夜沉思，放眼望去，江面已趋于平静，夜色像是沉浸在这无边的江水之中。望着眼前江景，大自然是如此的静谧美好，心与景会，神与物游，不由得让人深深陶醉其中。陶醉其间，词人豁然开朗，既然“人生在世不称意”，不如“明朝散发弄扁舟”。于是在情不自禁中，他产生了脱离现实的浪漫主义遐想，他要趁此良辰美景，驾一叶扁舟，随波流逝，从此与纷繁的尘嚣诀别，将有限的生命融化在无限的大自然之中，不再烦恼，不再遗憾。

一句“夜阑风静縠纹平”，所描写的何止是江面的平静呀，其实也是词人内心的平静。他已经从内心的苦恼中解脱出来，转而去追求自由宁静的生活。君子“达则兼济天下，穷则独善其身”，苏东坡政治上受到沉重打击之后，思想由入世转向出世，追求一种精神自由、合乎自然的人生目标。

关于这首词还有一段轶事。本来苏轼到黄州后，只想安安静静地生活，不想再惹麻烦，但是他这首词的最后一句“小舟从此逝，江海寄余生”，却给他带来了麻烦。据说，这首词第二天一早就传遍黄州，人们都在传说苏轼昨夜酒醉后挂冠乘舟远游了。消息传到了黄州太守的耳中，他是苏轼的好朋友，但是朝廷命他负责看管苏轼，如果苏轼真的乘舟远游了，那他肯定是吃不了兜着走。于是他立刻命人到临皋亭寓所查看，结果发现苏轼正在家中呼呼大睡，鼾声如雷。

苏轼的伟大之处就在于此，他已能将理想和现实分得清清楚楚，用出世的态度做人，用入世的态度做事，用傲然的心态为自己营造了一个豪放、旷达的精神家园。他已从纷扰的尘世中走出，不再拘泥于名利，不再蝇营狗苟而生。从此，“竹杖芒鞋轻胜马。谁怕？一蓑烟雨任平生”！

/黄州：一蓑烟雨任平生

莫听穿林打叶声，何妨吟啸且徐行。竹杖芒鞋轻胜马，谁怕？一蓑烟雨任平生。

料峭春风吹酒醒，微冷，山头斜照却相迎。回首向来萧瑟处，归去，也无风雨也无晴。

——《定风波》

苏轼初到黄州时，没有俸禄，没有居住的地方，生活面临困境。他在朋友黄州太守的帮助下，得以开垦黄州东门外的一块荒地，名曰“东坡”。

因为“东坡”是官家的地，苏东坡担心这不是长久之计，就决心买一块属于自己的土地。于是在元丰五年（1082年）三月五日，他和友人一起到沙湖看田，三月七日归途中遇雨。因为苏东坡和同行的朋友们都没有带雨具，同行之人都觉得狼狈，只有苏东坡一个人觉得穿行在这风雨之中根本就无所谓。雨过天晴后，苏东坡联想到自己人生的坎坷，加上遇见这场大雨，于是写下了这首流传千古的《定风波》。从文中我们可以感受到他的豁达与乐观。

初被贬谪时，他也叹息“长恨此身非我有，何时忘却营营”，希望能“小舟从此逝，江海寄余生”。可是希望与现实是有差距的，因而有时他的悲观情绪也会体现在词中，发出“世事一场大梦，人生几度秋凉”的慨叹。三年的谪居生活，同僚厚爱他，百姓爱戴他，这些慰藉了苏轼受伤的心。他从绝望的情绪中逐渐苏醒，心态变得平和宁静，这首《定风波》就反映了这一点。

首句“莫听穿林打叶声”渲染了雨骤风狂。“莫听”二字点明了外物不必萦怀之意，也表明了词人豪迈、大无畏的精神。“何妨吟啸且徐行”是第一句的延伸，尽管风雨大作，而词人照常不疾不徐地前行，神态安定从容，无惧风雨。“何妨”二字透出了一点俏皮，有挑战风雨的色彩。这两句是全词的枢纽。

“竹杖芒鞋轻胜马，谁怕？”此句写词人手持竹杖，脚穿芒鞋，在风雨中从容前行。“轻胜马”写自我感受，表明了作者搏击风雨、无惧艰难、笑傲人生的轻松豪迈之情。“竹杖芒鞋”本是山野村夫所用之物，如今出现在词人身上，说明了他早已与民众打成一片。主观上也向读者说明，他爱百姓，爱淳朴的田园生活，竹杖芒鞋比皂靴宝马更轻便、更好。“谁怕”二字，以反问句问出，干净利落，掷地有声，什么苦都吃过了，还怕什么？

“一蓑烟雨任平生”是前几句的升华，由眼前风雨推及整个人生，这样的小风小雨算什么？不但不值得逃避，反而可以好好享受一下。

词的上阕表现了苏轼旷达超逸的胸襟，充满了豪放之气，寄寓着独到的人生感悟，读了令人心胸为之舒阔。

“料峭春风吹酒醒，微冷，山头斜照却相迎。”这一句写雨过天晴的景象，与上阕所写风雨对应，为下文发出的人生感慨作铺垫。“微冷”一词，准确地传达出词人的感受。酒后风寒，风吹易冷，但是这些风雨是轻微的，不但不可怕，反倒可以欣赏。不经历风雨怎能见彩虹？风雨过后，又是一片艳阳天。

最后，全篇的情感归结为“归去，也无风雨也无晴”。这一句流传甚广，一语双关，巧妙地将自然之景和心中之情结合起来，不露痕迹。将词人那种无牵无挂、无欲无求的淡定平和之情，充分表露出来，也道出了词人在风雨中的顿悟：自然界的风雨阴晴属于寻常，人生中的荣辱得失又何足挂齿？在词人心中，这世间本无风雨；如果有，也只是为人生增添浪漫色彩而已。

全词紧扣“归去，也无风雨也无晴”展开描写、抒情。景中寓情，情中寓景，所述之事，所抒之情，都被词人巧妙放之于“风雨”这一环境中展开，将全词中无喜无悲、醒醉全无、胜败两忘的人生哲学和处世态度呈现在读者面前。

风雨人生，生命只有一次，人生本无意义，与其浑浑噩噩过一生，不如给人生确定一个意义。在我们的人生追求过程中，会遇到这样那样的艰难险阻。人生的起伏，悲欢离合，如同自然界的潮涨潮落一样，是不可避免的自然规律。因而，人的生命不在长短，在于追求的过程。

王勃死的时候只有二十六岁，可他留下的《滕王阁序》为后世所传颂。一句“落霞与孤鹜齐飞，秋水共长天一色”流传千古。司马迁历尽辛酸发愤写《史记》，终成就了一部史家之绝唱。唐太宗李世民在建国之初，也曾受北方突厥兵临城下之辱。经过数十年的励精图治，他秘密成立一支少年飞虎军，深入敌后，打败突厥，大唐终成四方朝拜的强大帝国。他的贞观之治为盛世大唐奠定了坚不可摧的基础，在中华五千年的文明史上，书写了璀璨辉煌的一页。

人生的坎坷，一时的风雨算不了什么，我们需要的是在逆境中保持一颗旷达坚韧的心。走过风雨，就会看见彩虹。低下头，看见的永远是自己的影子；抬起头，头顶就是一片灿烂的阳光。无论人生的际遇是多么的艰难，只要咬紧牙关，迎难而上，等困难被我们甩在身后时，再回望来时路，会发现荆棘变坦途。

少年胡雪岩生活窘迫，十二岁就做了学徒。他历尽人生坎坷，尝尽世间冷暖，始终不改人生的追求目标，在乱世中创造了商海奇迹，成为一名富可敌国的红顶商人。功成名就后，他散尽家财为国为民，尽管人生际遇起伏不平，他却没有辜负仅有一次的人生。

苏东坡一生宦海沉浮，在遭遇人生低谷时，他没有深陷沉沦，而是从容淡定，始终不改旷达豪放的本性，用乐观的态度藐视人生困难。他的这份淡泊与透彻，尽管没有改变自己的命运，却感动了无数读者的心。

其实每个人的人生，都不会一帆风顺，都会遇到或多或少的坎坷与挫折，只要我们乐观旷达地从容面对，终会守得云开见月明；就算是不能拨云见月，也不会蹉跎了岁月，辜负那美好的年华。

人生百年，如白驹过隙。人情的冷暖，世态的炎凉，际遇的坎坷，这些无不侵蚀蹂躏着我们脆弱的心灵。当我们的心历尽坎坷，在风雨中逐渐变得坚强时，会发现原来无风无雨也无晴。

/黄州：谁道人生无再少

山下兰芽短浸溪，松间沙路净无泥。潇潇暮雨子规啼。

谁道人生无再少？门前流水尚能西！休将白发唱黄鸡。

——《浣溪沙·游蕲水清泉寺》

这首《浣溪沙》写于元丰五年（1082年）春，当时苏轼因“乌台诗案”被贬黄州。苏轼满腹经纶，有济世经国之才，也有为国为民立功的远大政治抱负，“乌台诗案”对他来说是个意外，也是个重大的打击。他从一个名动天下的科考奇才，沦落为贬谪边远地区的犯官。为此，他曾失落过，也曾颓废过，然而他最终从精神的苦闷中走出来了。

最初他曾吟过“饮中真味老更浓，醉里狂言醒可怕”这样惴惴不安的诗句。后来，在朋友的关心下，在当地太守的礼遇下，还在那些樵夫野老的热心帮助下，苏轼的生活得以安顿下来，他的内心又充满了温暖。黄州山川风物的吸引，拨开了他眼前的阴霾，使他敞开了心扉。在元丰五年（1082年）的春天，苏轼和友人同游蕲水清泉寺，这首乐观的呼唤青春的人生之歌，就是在这种心情下吟出的。

和朋友一同游玩蕲水的清泉寺，寺庙就在兰溪的旁边，溪水之所以名叫“兰溪”，是因为溪边长满了优雅的兰草。山脚下刚生长出来的兰草的幼芽，短短的，浸泡在清澈的溪水中，愈发显得生机勃勃。傍晚，天空下起了蒙蒙细雨，松林间的沙路被雨水冲洗得一尘不染，杜鹃鸟的叫声从松林中传出。河水东流是自然界的客观规律，可眼前的溪水偏偏打破这规律，是向西流动的。既然溪水也能西流，我们还有什么理由在老年感叹时光的飞逝呢？谁说人生就不能再回到少年时期？时光老去的只是我们的容颜，只要怀有一颗少年的心，人生就处处是青春呀！

全词洋溢着一种积极向上的人生态度。

“山下兰芽短浸溪”，点明了“兰溪”名字的来源——山下溪边多兰草，同时这一句也点明了游兰溪的季节。兰草刚刚发芽，虽然幼芽很短，却长势很强，充满了生机，一个“浸”字写出了春兰的蓬勃生长的样子。

“松间沙路净无泥”，这一句写漫步溪边，化用的是白居易的“沙路润无泥”。“萧萧暮雨子规啼”点出了游览的具体时间是傍晚时分，同时也说明了沙路洁净无泥的原因，原来是一场春雨将小路冲刷得干干净净。“暮雨萧萧”“子规哀鸣”都是写实，这些意象在中国人眼中总是无比的凄楚与忧伤。子规声声，提醒路人的总是“不如归去”的哀啼声，这给景色抹上了几分感伤的色彩。

前面写生机盎然的春景，此处却以杜鹃啼声作结，因此，这也烘托出苏轼贬官黄州期间的凄苦环境和悲凉心情。但是，人生处处有惊喜，绝望和奇迹往往就在一念之间，关键就在于你肯不肯坚持下去，坚持下去，再往前走一步就是“柳暗花明”。就在这凄婉的子规啼声中，苏轼发现了一个奇迹：兰溪的溪水是向西流的！

这个意外的发现，让苏东坡的精神为之一振！常言“花有重开日，人无再少年”，可眼前真真切切的是“门前流水尚能西”！这一句既是眼前实景，又暗藏佛经典故。东流之水尚可西回，那么我们又何必为年华的老去而徒增悲伤呢？

既然溪水可以西流，那么人照样可以重新拥有青春年华！人生之“再少”，并非是生理意义上的“返老还童”，而是保持一种年轻的乐观的心态。因为，有时我们并不能改变这个世界的自然规律，但是我们可以改变对这个世界的态度和看法。就像我们的生命，只要你保持一种乐观的精神，只要你还保持着初心，你就可以活得青春，那么年华老去的也仅仅是岁月。反之，如果你的心态是低落晦暗的，即便是青春年少，也会活得暮气沉沉。心态决定一切！“谁道人生无再少，门前流水尚能西”，这句词看似浅显，却值得回味。

人们惯用“白发”“黄鸡”比喻世事匆促，岁月易逝。白居易在他的《醉歌》中唱道：

> 罢胡琴，掩秦瑟，玲珑再拜歌初毕。
> 谁道使君不解歌？听唱黄鸡与白日。
> 黄鸡催晓丑时鸣，白日催年酉前没。
> 腰间红绶系未稳，镜里朱颜看已失。
> 玲珑玲珑奈老何？使君歌了汝更歌。

白居易在诗中不无感伤地哀叹“黄鸡催晓丑时鸣，白日催年酉前没”，他慨叹时光流逝，发白了，人老了。而苏轼在此处却别具一格，反其意而用之，希望人们不要徒然感伤年华易老。“谁道人生无再少”“休将白发唱黄鸡”，这两句是苏东坡的人生哲学，也是他不服衰老的宣言；这是他对生活、对未来的向往和追求，也是他对青春活力的召唤。老了又如何？只要我的心中有理想、有追求，我依然可以“聊发少年狂”“左牵黄、右擎苍”。

对一个刚刚从死亡线上走出的人来说，面对现实的不公遭遇，他没有哀叹沉沦，而是一反感伤迟暮的低沉之调，唱出如此催人奋发的强音，这体现了苏东坡对生活的无限热爱，也体现了他旷达乐观的性格。

苏词善于直抒胸臆，不加修饰。词意往往自然真切，朴素感人，能引起人的共鸣。其实，这正是源于他的真实的生活经验与人生感悟。看似不经意地脱口而出，实际上反应的都是他真实的内心世界。

这首《浣溪沙》，富有深刻的生活哲理，读后能振奋人心。千年来，这首词抱着的乐观奋发精神，不知鼓舞了多少人，重新焕发生活下去的勇气和信心。整首词如一曲不服输的《命运交响曲》，意气风发，充满昂扬的斗志。

其实这种身处逆境，却仍然旷达乐观的精神，正是苏轼备受后世尊崇的重要原因之一。

/黄州：大江东去，浪淘尽，千古风流人物

大江东去，浪淘尽，千古风流人物。故垒西边，人道是，三国周郎赤壁。乱石穿空，惊涛拍岸，卷起千堆雪。江山如画，一时多少豪杰。

遥想公瑾当年，小乔初嫁了，雄姿英发。羽扇纶巾，谈笑间，樯橹灰飞烟灭。故国神游，多情应笑我，早生华发。人生如梦，一尊还酹江月。

——《念奴娇·赤壁怀古》

这首词是苏东坡的代表作，也是历代豪放派词作最杰出的代表之一，被后世誉为“千古绝唱”。说它是“千古绝唱”，一点也不言过。历代文人和苏东坡同命运者比比皆是，唯独他写出了这样大气磅礴、荡气回肠的词作。

我想，这与苏东坡的个性有关，他具有诗的灵性、酒的豪性、禅的悟性、肉的俗性、茶的雅兴，是个难得的全才。具有诗的灵性，才能有所创作；具有酒的豪性，词风才会豪迈；具有禅的悟性，才会领悟得透彻；具有肉的俗性和茶的雅性，才会在现实和理想之间寻找一种突破。这就是苏东坡!

这首词写于宋神宗元丰五年（1082年）七月，是苏轼贬居黄州时和友人同游黄州城外的赤壁矶时所作。苏轼写这首词时，思想上已经由初到黄州“世事一场大梦”的悲观，进步到“小舟从此逝，

江海寄余生”的洒脱，再上升到现在“大江东去，浪淘尽，千古风流人物”的达观。

“大江东去，浪淘尽，千古风流人物”，一落笔就即景抒情，穿越时空，把滚滚流逝的长江与风流千古的历史人物联系起来，展现给我们一个极为广阔而悠久的空间和时间背景。它让我们既看到长江滚滚东流的奔腾不息，又联想到那些著名历史人物的英雄气概，使人感到历史就像滚滚江水一样无情流逝，由此心中增加了对往昔英雄人物的无限怀念。起句就将我们带进对历史的沉思之中，唤起人们对无限宇宙和有限人生的思索，气势恢宏，大气磅礴。

“故垒西边，人道是，三国周郎赤壁”，“故垒”指的是赤壁古战场，过去遗留下来的营垒。“周郎”是指周瑜，东吴人称“周郎”。据史料记载，建安三年（198年），孙策亲自迎请二十四岁的周瑜，授予他“建威中郎将”，并同他一齐攻取皖城。后来，孙策迎娶乔公的女儿大乔，周瑜则迎娶小乔。周瑜娶小乔之时，恰好就是皖城战役胜利之日，其后十年他才指挥了著名的赤壁之战。

“乱石穿空，惊涛拍岸，卷起千堆雪”，这一句正面描写赤壁的景色。陡峭的山崖如巨臂直刺云霄，汹涌奔腾的惊涛骇浪，猛烈地搏击着江岸，发出震耳欲聋的响声，滔滔的江水滚滚东逝，卷起千万堆澎湃的雪浪。读了这句词，我们仿佛走进了千年前的古战场，走进了一个惊心动魄的奇险境界，心胸顿时为之开阔，精神为之振奋！

我们可以想象出，当年赤壁古战场战斗的激烈。曹操的八十万大军被周瑜的火攻烧得惨叫连天。周瑜的水军训练有素，英勇善战，打得曹军落荒而逃。一时间擂鼓声、呐喊声震天响……

“江山如画，一时多少豪杰”，这一句词人从神游中回到现实。不管是“横槊赋诗”的曹操也好，还是“雄姿英发”的周郎也罢，英雄人物都已经随着长江水而滚滚流逝了，化为历史长河中的沙砾，只剩下如画的江山和毫无建树的自己。

“遥想公瑾当年，小乔初嫁了，雄姿英发。羽扇纶巾，谈笑间，樯橹灰飞烟灭。”赤壁之战发生在周瑜和小乔成婚的十年后，此处写“小乔初嫁”是为了衬托周郎的潇洒。一句“遥想公瑾当年”足以令人想象出当年周郎年华似锦的风姿。后世有多少男子钦慕他的年轻有为，有多少女子仰慕他的风流倜傥呀！“雄姿英发，羽扇纶巾”，从装束和仪态描写周瑜的儒雅和翩翩风度。

大战在即，敌军来势汹汹，面对敌多我少的局面，周瑜没有表现出紧张的样子，反而手执羽扇，谈笑从容。这说明他对这场战争早已成竹在胸、稳操胜券。当时曹操带着八十万大军南下，东吴不少朝臣建议投降曹军。在举国上下一片惶恐声中，孙权和周瑜执意抗曹，因为赢得这次抗曹战争的胜利，是东吴据有江东、发展势力的保证，否则很有可能出现“铜雀春深锁二乔”的后果。

当年的周瑜，不过三十几岁，他年轻英俊，气概雄伟。面对大敌来犯，他雍容优雅，指挥若定。一句“谈笑间，樯橹灰飞烟灭”，充分显示了周瑜杰出的军事才能，和他蔑视强敌的英雄气概。赤壁之战时的周郎，成了多少男人心中向往的梦。

“故国神游，多情应笑我，早生华发。”“故国”指当年的赤壁战场。此句是写词人从遥想当年回到现实，表达了他极度矛盾和苦闷的心情。缅怀周瑜少年得志，年纪轻轻就建功立业、名垂青史，而自己虽有抱负，却有志难伸。相比之下，自己年近半百，却功业无成，又无端遭到贬谪。面对眼前的大好河山，词人只有无奈地感慨自己的身世，同时也在感慨生命的短促、人生的无常，他从内心深处，沉痛地发出了年华虚掷的悲叹。面对眼前的锦绣河山，词人的心情由激昂奋发，转入消极苦闷。

失望之余，词人产生了“人生如梦”之感。世事沧桑，那些英雄人物都随大江滚滚东逝了，无论是丰功伟业的曹操，还是赫赫威名的周郎，也不过是化为人们茶余饭后的谈资而已。面对滔滔东流的江水，词人只有“一樽还酹江月”，自浇心中愁绪。

面对眼前的社会现实，苏轼无法主宰自己的政治命运。他的操守要求他无法和那些小人同流合污，他的知识分子良心要求他要为民请命，说真话。既然苏轼无法做到同流合污，也无法做到说假话，那么他只有被贬谪、被流放。周郎遇到了赏识他、信任他的明主孙权，苏轼遇到了谁呢？

“去国怀乡，忧谗畏讥”是那个时代正义之士的写照，面对无法主宰的命运，他们只能用达观来解决理想和现实之间的矛盾。苏轼也不例外。

不是我不想攀登，而是现实没有给我攀登的梯子；不是我不想辉煌，而是现实没有给我辉煌的舞台。纵然你有浑身的本事想建功立业，那也得遇到恰好的时候、恰好的人，否则，则是“冯唐易老，李广难封”！但是，这是不是自己回避现实的理由呢？不，绝不可以。既然朝廷不给立功的机会，还可以立德、立言，以实现自己人生不朽的价值!

苏轼每到一处，都能和当地的民众打成一片，为百姓谋取实实在在的幸福。在杭州筑苏堤、修水井、建公立医院，解决了人们的实际生活问题；在徐州抗洪救灾，建黄楼，保住了一方百姓的生命财产安全；在密州抗蝗灾，救助弃儿，做下了无量功德；即便是他被贬谪到了遥远的岭南、海南，他都能将中原先进的文化、生产技术和医疗，传播给当地的少数民族兄弟。

苏轼在黄州雪堂完成了对《论语》和《周易》的注解，在岭南完成修订。在困顿的人生中，他没有沉沦下去，而是和命运做不屈的抗争，所以他才能够在人生的最低谷时，写出“大江东去，浪淘尽，千古风流人物”这样豪迈的词。

俱往矣，那些王侯将相为后世之人铭记的又有几人？又有哪朝哪代的江山是万年不朽？“今古河山无定据”，那些名利场上所谓的风流人物，都被“大江东去，浪淘尽”了，真正不朽的是那些为国为民，立功、立德、立言的人!

/黄州：又得浮生一日凉

林断山明竹隐墙，乱蝉衰草小池塘。翻空白鸟时时见，照水红蕖细细香。

村舍外，古城旁，杖藜徐步转斜阳。殷勤昨夜三更雨，又得浮生一日凉。

——《鹧鸪天》

这首《鹧鸪天》大约作于神宗元丰六年（1083年）六月，当时苏轼谪居黄州。在经历了初到黄州的精神危机和经济危机后，苏轼已经能够随遇而安，达观地将自己和黄州融为一体，过上了闲适的幽居生活。

黄州是个荒凉偏僻的小城，苏轼是犯官的身份到黄州。初到黄州时，他没有居所，临时寄居在定惠院的寺庙里。他在定惠院过着孤独寂寞的生活，整天闭门谢客，借酒消愁。定惠院里有一株著名的海棠花，但是当地人并不知道它的名贵。海棠是蜀地名花，现在却沦落在偏远的山谷。很显然，这株海棠的命运就是苏轼的写照。在一个无眠的夜晚，苏轼独自徘徊月下，心生感伤，于是写下来一首《卜算子·黄州定惠院寓居作》：

缺月挂疏桐，漏断人初静。谁见幽人独往来，缥缈孤鸿影。

惊起却回头，有恨无人省。拣尽寒枝不肯栖，寂寞沙洲冷。

——《卜算子·黄州定惠院寓居作》

这首词反映了苏轼初到黄州时孤寂的心情，寄人篱下，没有归宿感。苏轼面临的不只是精神的危机，还遇到了经济危机。后来他开垦东坡地，建雪堂，日子逐渐安稳下来。他在词中以陶渊明自比，觉得自己眼下的生活和归隐后的陶渊明很像。

梦中了了醉中醒。只渊明，是前生。走遍人间，依旧却躬耕。昨夜东坡春雨足，乌鹊喜，报新晴。

雪堂西畔暗泉鸣。北山倾，小溪横。南望亭丘，孤秀耸曾城。都是斜川当日景，吾老矣，寄余龄。

——《江城子》

此时的苏轼和陶渊明有像之处，也有不像之处。陶渊明最终看透了晋王朝的黑暗，不愿再为五斗米折腰，而苏轼虽被远谪在外，但仍心系朝廷。苏轼开荒种田后，逐步适应了民间生活，他不再闭门不出，而是广交朋友了，只是以前他和官场同僚交朋友，现在是和当地的山野村夫交朋友。

黄州城南有座安国寺，住持继连禅师是个有道高僧，苏轼和他交往以后，心境发生了很大的变化，他成了安国寺的常客，常去自省，旦往暮还。正是因为苏轼潜心修禅，有了精神上的寄托。从此，山山水水、花花草草，在他的笔下充满了灵性。

这首《鹧鸪天》所表现的，正是苏轼雨后游赏时欢快、悠闲的心境。

有一片山峰就躲在那片树林的后面，有一簇青青的翠竹，将我家的院墙隐隐约约地遮藏起来。门外的池塘边，衰草萋萋，有蝉在池塘边的垂柳上乱叫一通，聒噪恼人得很。有一群白鹭不时地出现在池塘上，调皮地上下翻飞，一会儿东，一会儿西，一会儿起，一会儿落，也不知它们忙得累不累。倒是那娇艳欲滴的荷花，安静地开放着，像是在聆听蝉的聒噪，又像是在看鸟儿调皮地翻飞。它的倩影倒映在水中，亭亭玉立，散发出点点清香。

夕阳正好，不如出门转转。于是我手持藜杖，悠闲地徜徉于村舍外，漫无目的地漫步于古城旁。只见夕阳铺满了西天，像一件五彩羽衣披在那青山上。夏天的脸就是这样变得快，昨夜三更的细雨仿佛懂得人的心思，及时地浇了浇蒸人的暑气，给人带来了一阵阵清凉。

“林断山明竹隐墙，乱蝉衰草小池塘。”这一句写夏末初秋村舍周围的景色。远处有高耸的山，有葱茏的树木，近处有苍绿的翠竹，有小小的院落，还有鸣蝉、衰草和小池塘。这些物象组成了一幅清新、生动的农村画图。树林、青山、绿竹都是静物，有了蝉声，这些景物一下子热闹起来。一个“乱”字，让人仿佛听到了蝉声的此起彼伏，聒噪得让人有点心烦。

“翻空白鸟时时见，照水红蕖细细香。”蝉鸣有点让人心烦，但是眼前一幕的情景，却让人心头一喜。白鸟“翻空”，透出孩子般的顽皮；荷花“照”水，俨然顾影自怜的女子。这一动一静，相映成趣。本来香味是看不见、摸不着的，但是“细细”一词，却将荷花的香味透过文字幽幽地飘散出来，清新淡雅，如缕不绝。蓝天、白鸟、绿水、红蕖，色彩明丽而协调，充满了活泼的生机。起先的心烦意乱也被鸟儿的顽皮、荷花的清香赶跑了，取而代之的是对自然的由衷的喜悦之情。

“村舍外，古城旁，杖藜徐步转斜阳。”阵雨过后，天气清凉，词人手拄杖藜，在村口古城边，边散步边欣赏雨后风景。雨后的空气是清新的，让人心旷神怡，就连夕阳也有了人情味，似乎也在缓步跟随词人转。

我想，此刻的苏轼并非真的悠闲自在，他之所以出村，绕着古城转斜阳，心中一定有心思欲排遣。毕竟东坡垦荒只能勉强度日，有时还填不饱肚皮，要想提高家人的生活质量可该怎么办呢？毕竟自己是被贬谪的犯官，哪一天才能脱去“犯官”的罪名呢？自己一腔报国理想，何时才能有机会实现？毕竟年华似水，自己已两鬓染霜，却毫无建树呀！可以说，这些困扰无一天不在折磨着苏东坡，可是能怎么办呢？

既然未来的事情不可预测，自己也无法把握，不如活在当下吧。想到这样的炎炎夏日，多亏“殷勤昨夜三更雨”，使暑气降了不少，才有了今日的“又得浮生一日凉”。现实如此，眼下情形非自己个人所能改变。不如得过且过，能多一天“好”日子，也是件值得庆幸的事。

人生在世不如意事十之八九，还是多想那如意的一二吧。理想很丰满，现实很骨感，还是立足现实，逐步向理想靠拢吧。世间事就是这样无奈，有很多事不是你自己努力了就能达到。我们所能做的就是努力改变自己，不忘初心，向着理想的方向积极去做，只管过程不问结果，如此便不负年华、无愧生命。

苏轼在经历了激烈的思想抗争和禅的洗礼后，他终于能淡定下来，从容面对生活了。他终于能撇开生活的不如意，懂得要珍惜“又得浮生一日凉”的快意了!

第六卷|旷达苏子（二）

元·赵苍云《刘晨阮肇入天台山图卷》局部

/汝州：人间有味是清欢

细雨斜风作晓寒，淡烟疏柳媚晴滩。入淮清洛渐漫漫。
雪沫乳花浮午盏，蓼茸蒿笋试春盘。人间有味是清欢。

——《浣溪沙》

这首词写于宋神宗元丰七年（1084年），当时苏轼赴汝州任团练副使。途中他路经泗州，与泗州刘倩叔同游南山，心生感慨后写下了这首《浣溪沙》。那是一个斜风细雨、乍暖还寒的残冬初春时节，在一处山庄农家，他和刘倩叔品味了清欢。

词的上阕，词人用白描的手法，给我们描绘出一幅富有动感的水墨画似的景色：

初春清晨，细雨斜风，乍暖还寒，冷风瑟瑟侵骨，山中淡烟疏柳朦胧，但词人不在乎难耐的寒冷，依旧兴致勃勃地和好友游览南山。细雨渐停，云淡风轻，阳光灿烂，河滩疏柳，尽沐晴晖。到了河边空阔地带，没有了大山的遮挡，突然阳光明媚，豁然开朗。一个“媚”字，极富动感地传出作者喜悦的心声。词人从摇曳在淡云晴日中的疏柳，觉察到了萌发的春潮；于残冬岁末之中把握住事物新的生机，这正是苏东坡胸怀浩荡的表现，也是他精神境界不同寻常之处。

从洛涧流出的清浅河水，流进淮河后逐渐变得浑浊，漫漫迤逦向前。“入淮清洛渐漫漫”，此句寄兴深远。句中的“清洛”，即“洛涧”，发源于合肥，北入淮河。作者以虚拟的笔法，由眼前的淮水联想到上游清碧的洛涧，当它汇入浊淮以后，就变得混混沌沌一片浩瀚苍茫，远非人的目力能及。

词的下阕抒发了作者游南山的感受，以及游览时喝清茶、吃野餐的欢快心情。

中午时分，在山庄农家，泡上一杯浮着雪沫乳花的清茶，品尝山中嫩绿的蓼芽蒿笋春盘素菜，心情格外舒坦畅快。“雪沫乳花浮午盏，蓼茸蒿笋试春盘。”词人抓住了事物的特征来描写：乳白色的香茶和翡翠般的春蔬，这两个事物相互映托，便有了浓郁的季节气氛和山野特色。“雪沫乳花”，形容煎茶时上浮的白泡，以雪、乳形容茶色之白，既是比喻，又是夸张，形象鲜明。午盏，指午茶。此句可以说是对宋人茶道的形象描绘。

“蓼茸蒿笋”即蓼芽与蒿茎，这是立春的应时节物。旧俗立春时馈送亲友鲜嫩的春菜和水果等，称“春盘”。“ 蓼茸蒿笋试春盘”绘声绘色、活灵活现地写出了茶叶和鲜菜的鲜美色泽，使读者从中体会到词人品茗尝鲜时的喜悦和畅适，也显示了词人高雅的审美意趣和旷达的人生态度。

人间最有味的就是这种清淡的欢愉啊！作品充满春天的气息，洋溢着生命的活力，反映了作者对现实生活的热爱和进取的精神风貌。最后一句“人间有味是清欢”是全词的“诗眼”，极富人生哲理，韵味无穷。此句用在词的结尾，浑然天成，照彻全篇，为全篇增添了欢乐情调和哲理意趣。

这首词，色彩清丽，境界开阔，画面生动形象，寄寓着作者清旷、闲雅的审美趣味和生活态度，给人以美的享受和无尽的遐思。

“人间有味是清欢”，何谓“清欢”？苏东坡一生宦海沉浮，但他旷达豪放的性情始终不改。无论是在盛世中徜徉，还是在逆境中行走，他都能从容安然，让自己在失意中超脱平静，这就是一种超乎寻常的清欢。

苏东坡在填写这阕词时，被贬汝州，当属人生逆境，可他依然可以暂放名利，远离尘嚣，和友人一起走进山林，听潺潺流水声，听萧萧风声，闻青草的芳香，嗅泥土的清新。坐下来，静品一杯茶，吃几道山中野菜，感受疏淡简朴的生活，享受一段清欢人生。

苏东坡一生喜诗词书画，爱酒肉禅茶。他一半官场、一半山林、一半红尘、一半禅佛。他向往田园生活的闲逸，却放不下功名仕途，但他能在出世和入世中收放自如，游刃有余。他在浓郁中追求清淡，在寡欢中品出韵味。

一个人在滚滚红尘的浊涛中，想要品味出清欢，需要一定的心境和悟性。“且将薪火试新茶”是清欢，品一杯香茗是清欢，游乐山水是清欢，与友人填词歌赋、听一曲琴音也是清欢。只有品味过人生百味，才能品出一味平和与淡泊，才能懂得拥有一颗平常心就是清欢。

现世红尘浊浪已经将人心鼓动得浮躁不安。大街上人们四处奔波，为生计，为名利，为欲望。人们已经没有闲暇抬头去看一朵流云的舒卷，低眉赏一棵芳草的清姿。人们已经没有心境去倾听鸟儿鸣叫的欢愉，去感受清风的柔情、细雨的温润，去品味飞花的梦幻、流水的多情。

真正的清欢，未必是像道家那样走进山林，粗茶淡饭，无欲无求。真正的清欢，不是远离繁华，不食人间烟火，而是面对人生社会时，能拥有平和的心态、淡定的情怀。多做一些尽心的实事，少一些功利庸碌；多一些坦诚，少一些虚伪；多一些简约，少一些浮华；懂得取舍，学会感恩。真正的清欢是身处闹市仍可以在内心修篱种菊，坐看云卷云舒，笑对花开花落。

清欢带有淡淡的人间烟火，有一份浅浅的禅意。清欢可以将一本书读到无字，将一盏茶品到无味，将一首歌听到无韵。清欢可以将白开水喝成一种雅致，可以在一朵落花里悟出禅意。只有心静了，才可以品味出清欢，只有淡定了才能享受清欢。

清欢是一种境界，东坡先生也是在纷繁的红尘困扰中，寻得了心灵的宁静，他将人间的清欢品出了一种无言的美丽。

苏东坡政治上屡遭排挤打击，但他为官每到一处，总能造福一方百姓。

深处逆境，胸中仍装着芸芸众生。只有内心真正明净旷达的人，只有一个有着宽大襟怀的人，才能做到如此。尝过人间百味，不忘以造福于民为乐，苏子将清欢品到了人生至高境界。

是苏子，也只有苏子，才可以将清欢品到这样的至高境界。时隔千年，我对苏子只有叹服和仰视！

人间有味，有味是清欢！

/定州：难进易退我不如

园中有鹤驯可呼，我欲呼之立坐隅。
鹤有难色侧睨予，岂欲臆对如鹏乎。
我生如寄良畸孤，三尺长胫阁瘦躯。
俯啄少许便有余，何至以身为子娱。
驱之上堂立斯须，投以饼饵视若无。
戛然长鸣乃下趋，难进易退我不如。

——《鹤叹》

元丰八年（1085年）三月，宋神宗病逝，因继位的宋哲宗只有十岁，就由宋神宗的母亲高太后垂帘听政。高太后是保守派的支持者，她执政后立刻启用反对变法的人物，苏轼也被召回京任礼部尚书、翰林院学士。

保守派领袖司马光上任宰相后，废除了王安石所有的新政，为此苏轼在朝堂之上和他吵了起来，回家后仍气愤不平地称之为“司马牛”。苏轼认为王安石新政有可取之处，不可以全废。后来等司马光意识到这个问题时，已经迟了。王安石在金陵知道新法全部被废后，悲愤离世。不久，司马光也操劳过度病故。

司马光病逝的那一天，宋哲宗率领百官在南郊祭祀神灵，安放宋神宗的灵位。祭祀结束后，百官们前去吊唁司马光，被主持丧事的程颐阻拦。程颐是理学家，他阻止的理由是：《论语》中说：“子于是日哭，则不歌。”也就是你们刚参加过吉礼，嘻嘻哈哈的，不适合再参加丧礼，这不符合礼仪。

苏轼看不惯程颐的古板僵硬作风，就挖苦道：“此乃鏖糟陂里叔孙通所制礼也。”“鏖糟陂”指的是汴京郊外一处污泥烂草、肮脏不堪的沼泽地。这句话意思是说，程颐是从京郊污泥脏水里爬出来的冒牌叔孙通，讥讽他是拘泥小节、不识大体、没见过世面的假学者。

司马光丧礼的哀悼现场本该是庄严肃穆的，但是苏轼却勾勒了这么个滑稽、漫画式的程颐形象，大伙听了禁不住哄堂大笑。程颐恼羞成怒，从此以程颐为首的洛党和以苏轼为首的蜀党结下深仇大恨，也为后来的政坛引出无穷后患。

司马光病逝后，朝政仍被守旧大臣把持，他们对苏轼反对司马光“尽除新法”很不满，就弹劾他“谤讪先朝”，又有人利用苏轼和程颐的矛盾，说苏轼不可信任。一时间捕风捉影、无中生有的事一齐朝苏轼扑来，形势比当年的“乌台诗案”还要猛烈。

苏轼厌倦了这种尔虞我诈的朝堂生活，尽管高太后给予了他充分的信任，他还是再三上书，请求外放。后来苏轼以龙图阁大学士的身份出任杭州太守。元祐八年（1093年）八月，苏轼续妻王闰之去世，继而高太后薨逝，苏轼深感“国之将变”，宋哲宗又派他出守边远重镇定州。苏轼是宋哲宗的老师，但宋哲宗对这位老师是一贬再贬。

在定州期间，苏轼写了这首《鹤叹》。他借鹤感叹自己命运的多舛、身世的飘零。鹤品行高洁，清高孤傲，却不为人所理解，自己的处境不就像鹤一样吗？然而鹤能进退有余，可自己在朝堂之上，不仅难以前进，也难以脱离。

定州是古代中山国所在，由于燕云十六州陷于契丹之手，所以它是北宋王朝的北方边防重地。苏轼到了定州，看到的是一片腐败黑暗的情况：军政不严，边备松弛，营房毁坏。军队中贪污盗窃案件层出不穷，禁军日有逃亡沦为“盗贼”。军民赌博，不法将校放债取息。下层兵士生活极苦，十有六七赤身露体，饥寒交迫。对此苏轼采取了一系列措施，整饬军纪。他修建了营房，严惩贪赃枉法的首犯。

此外，他还曾修弓箭社。沿边禁军虽然被整饬过，但是并不能大用。将骄卒惰由来已久，如果对他们加以严训，恐会引起契丹惊疑，招来战争。多少年来，宋朝沿边的禁军只是做做样子，根本不能上战场打仗，所以国门相当于没有把守。

面对定州边防的现实情况，宋王朝拿什么去抵御北方敌国的入侵？朝堂之上，只晓得签那些丧权辱国的条约，只晓得用纳贡称臣以取得短暂的安宁。好在大宋的臣民是有血性的！老百姓自发组织弓箭社，不论家业高下，每户出一人，推选出武艺高强的人为首领。他们自立赏罚，严于官府。他们平时劳作，“带弓而锄，佩剑而樵”。他们一面耕田劳作，一面防备边防，而且还分番巡逻。遇到紧急事务，鸣锣敲鼓集合，顷刻可组织千余人。面对这样的一支纪律严明，又有战斗精神的民间组织，契丹人对他们很是惧怕。在很长一段时间内，宋朝的边防主要是靠边地的民众自发守卫的。

一个帝国，国防已经松懈到要老百姓自己守卫，这样的王朝不亡国才怪！这让人想起第一次鸦片战争时，清政府签订了丧权辱国的《南京条约》，而广州北郊三元里的民众却自发抗击英国侵略者的入侵。

历史是何等的相似！

可惜的是在熙宁年间，由于推行保甲制度，弓箭社曾一度被废除。苏轼认识到，民间弓箭社才是边防真正的保证。为了确保边关不再被契丹入侵，他重修弓箭社，增设了条约，这支民间队伍最后达到了三万多人。在抵御契丹入侵活动中，发挥了积极的作用。宋朝重文轻武，以文官制约武官，但能带兵打仗的文官却不多。苏轼在定州时的举措，足以证明他的领军能力也是值得赞许的。事实上，苏轼在定州也得到了当地百姓的信任和爱戴，只是他在定州任上只有半年多，还没有来得及大展拳脚，就被宋哲宗以“谤讪先朝”的罪名贬任英州。

苏轼每到一处都能为民做实事，可惜宋哲宗并没有看到他的一片为国为民的耿耿忠心，反而视他为“异己”，也难怪苏轼会在《鹤叹》中说：“难进易退我不如！”是呀，人在江湖身不由己呀。他无法像鹤那样进退自如，他的心中还有追求，他无法不挂念他的百姓。他只能服从朝廷的安排，从这个人生渡口匆匆奔赴下一个人生渡口。

/惠州：不辞长作岭南人

罗浮山下四时春，卢橘杨梅次第新。

日啖荔枝三百颗，不辞长作岭南人。

——《惠州一绝》

元祐八年（1093年），高太后薨逝。宋哲宗这个被压抑很久的少年天子，终于能亲政了。他准备复辟新政，贬斥元祐大臣。如果宋哲宗能用辩证的眼光看问题，或许党争也不至于日趋白热化。在绍圣元年（1094年）三月科考时，凡是主张新法的人就被录取，凡是反对新法的人都被淘汰掉。苏辙看了，知道形势不妙，就上书宋哲宗，劝他三思。宋哲宗看了奏折后大怒，贬苏辙到汝州。于是又有人将矛头指向苏轼，说他攻击神宗朝政，“语涉讥讪”。因此，苏轼在定州任上就被削去端明殿学士、翰林侍读学士职位，免去定州太守之职，贬谪英州。苏轼人还没有到英州，就有人觉得惩罚苏轼力度不够，随即将他再贬到惠州，任副节度使，不得签书公事。

世事真是一场大梦，苏轼经历了人生的奋斗和磨难，转来转去，竟然又回到了当年黄州时的境况。然而，眼前的境遇还不如黄州。“四十七年真一梦，天涯流落泪横斜。”这就是当时苏轼内心的真实写照。

惠州地处岭南，当时是蛮荒之邦、瘴疠之地。一般人到此地后，往往不易生还。苏轼当时已年近花甲，本来就体弱多病，又遭受这样的不公待遇和沉重打击，不禁忧悸成疾。惠州离定州七千余里，在三伏酷暑里，要苏轼这样一个年老体弱的病人沿陆路到惠州，很有可能死于途中。苏轼没有办法，只好请求宋哲宗准许他乘船到惠州。

苏轼知道此去惠州，很可能有去无回，所以他将家人做了妥善安排，让他们定居在常州。但是家人都不忍心这样一个垂老之人，离家万里独奔贬谪之所，后来苏轼带着小儿子苏过和侍妾王朝云一同南下。

苏轼从绍圣元年（1094年）闰四月离开定州，经过六个月的长途跋涉才抵达惠州。其中的艰苦和劳顿，自是不用说。正如他在诗中所描述的那样：

七千里外二毛人，十八滩头一叶生。

山忆喜欢劳远梦，地名惶恐泣孤臣。

苏轼到了惠州以后，感受到这里的风土人情都不错，虽然是初来乍到，但一切好像是旧地重游一般。当地百姓对苏轼的到来表现出了极大的热情，就连鸡犬都好像是老相识。

惠州人极其关心苏轼的生活，使苏轼离家万里却感受到了故乡般的温暖。苏轼对惠州人民也十分关怀，他平时收集药材救治当地的病人，并派人收埋僵卧路边的暴骨。他设计了利用山泉灌溉农田的堤塘，大力推广中原地区的新式农具“秧马”，这一举措不仅减轻了农民的负担，还极大地提高了生产力。

苏轼每走一处都不忘学习，即便是在流放之中，苏轼依旧难忘读书作诗，他像在黄州一样，随时写下文情并茂的散文、随笔、游记。弟弟苏辙以及他的挚友们都劝他“痛戒作诗”，因为他每一次都是因文字而获罪。但苏轼即便身陷困顿，也难忘国事，他早已把自己的生死置之度外。他在《荔枝叹》中写道：

十里一置飞尘灰，五里一堠兵火催。
颠坑仆谷相枕藉，知是荔枝龙眼来。
飞车跨山鹘棋海，风枝露业如新采。
宫中美人一破颜，惊尘溅血流千载。
永元荔枝来交州，天宝岁贡取之涪。
至今欲食林甫肉，无人举觞酹伯游。
我愿天公怜赤子，莫生尤物为疮痏。
雨顺风调百谷登，民不饥寒为上瑞。
君不见，武夷溪边粟粒芽，前丁后蔡相宠加。
争新买宠出新意，今年斗品充官茶。
吾君所乏岂此物?致养口体何陋耶!
洛阳相君忠孝家，可怜亦进姚黄花。

苏轼在诗中揭露了汉唐官僚们争献荔枝、龙眼的丑态。他引古讽今，对当朝的小人进行无情的鞭挞。

苏轼的讽刺只是对人事，他对荔枝的美味却是十分钟爱，他在

《惠州一绝》中对荔枝做了称赞：

罗浮山下四时春，卢橘杨梅次第新。

日啖荔枝三百颗，不辞长作岭南人。

苏轼在这首诗中并没有表现出一般迁客逐臣的哀怨，而是表现出了他素有的乐观旷达、随遇而安的精神风貌，同时还表达了他对岭南风物的热爱之情。他不仅在《惠州一绝》中表现对荔枝的喜爱，在其他多处诗文中都有所体现。例如《新年五首》："荔子几时熟，花头今已繁。"《赠昙秀》："留师笋蕨不足道，怅望荔枝何时丹。"《和陶归园田居》其五："愿同荔枝社，长作鸡黍局。"

其中"日啖荔枝三百颗，不辞长作岭南人"最为脍炙人口，令人读之不禁对岭南荔枝心生向往。从"一骑红尘妃子笑"开始，荔枝就成了皇家贡品。在中原，一般人很难吃到新鲜可口的荔枝，但到了岭南后，随处都可以吃到新鲜甘美的荔枝。从这个角度来劝慰自己，苏轼感觉是幸福的，所以他说："不辞长作岭南人。"其实，面对恶劣的现实，苏轼不这样劝慰自己，他还能怎样呢？

在惠州，苏轼除了关心自然风光和民情风俗以外，还与出家人频繁交往，他与王朝云一起参禅学佛，诗文中留有很多与僧人唱和的作品。在惠州期间，苏轼唱和陶渊明的诗歌最多，并把和陶渊明的诗专门编为一集。这在一定程度上表现了他有避世之心。他自述诗和陶渊明的用意："平生出仕以犯世患，此所以深愧渊明，欲以晚节师范其万一也。"这似乎在公告世人自己绝意仕途，将效仿陶渊明归隐田园，从此长作岭南人了。

苏轼自觉回归中原无望，就在惠州买了几亩地，准备盖一处房子，以为终老之计。但是新居还没有落成，惠州就瘴疫流行，因为缺医少药，染病死亡的人不计其数。在这场灾疫中，王朝云也染病身亡，年仅三十四岁。王朝云从十二岁起就跟着苏轼一起颠沛流离，不离不弃，她的意外死亡对苏轼是个沉重的打击。

王朝云不仅是苏轼的生活伴侣，还是他的灵魂知己。她在世时，苏轼最爱听她唱那首《蝶恋花》，每当王朝云从“花褪残红青杏小，燕子飞时绿水人家绕”，唱到“枝上柳绵吹又少”时，便会泣不成声，以致不能唱下去。因为她懂得苏轼的不容易，正是苏轼的旷达，让她更加心疼苏轼所遭遇的苦楚。

外人看到的是苏轼的旷达豪放，只有王朝云读得懂这旷达豪放的背后，是怎样的无奈和辛酸。所谓知己，就是别人看到的是你的辉煌，而知己看到的却是辉煌背后付出的艰辛；别人羡慕你的成就，知己心疼你的不容易；别人关心你飞得高不高，只有知己才关心你飞得累不累。因此在王朝云死后，苏轼不复再听那首《蝶恋花》。

王朝云死在了惠州，惠州因此成为苏轼心中永远的痛。王朝云死后，苏轼与幼子苏过相依为命，过着孤独寂寞的生活。虽然苏轼性情开朗，能和当地山野村夫打成一片，但是灵魂的寂寞才是最深的寂寞。只要懂你的知己在，即便生活困顿也不会觉得辛苦，因为你的心中亮着一盏灯。如今王朝云死了，苏轼心中的那盏灯也灭了。为了倾诉心中的孤寂，他写了一首《纵笔》诗：

白发萧散满霜风，小阁藤床寄病容。

报道先生春睡美，道人轻打五更钟。

这首诗传到到了京师，想整死苏轼的小人张惇以为他生活得还很快活，就又把苏轼贬到海南岛的儋州，他希望海南岛恶劣的自然环境能迅速了结苏轼的生命。

树欲静而风不止，坎坷的仕途已经让苏轼起了避世遁俗之心，然而朝廷的这帮小人却不让他清静，欲置之死地而后快。苏轼是不是就此放下忧国忧民的心了呢？答案是他做不到。“日啖荔枝三百颗，不辞长作岭南人。”这句诗告诉我们，他无法做到真正归隐山林，他无法不牵挂着他的国运民生。

/儋州：九死南荒吾不恨

参横斗转欲三更，苦雨终风也解晴。
云散月明谁点缀？天容海色本澄清。
空余鲁叟乘桴意，粗识轩辕奏乐声。
九死南荒吾不恨，兹游奇绝冠平生。

——《六月二十日夜渡海》

苏轼因《纵笔》诗遭宰相张惇紧逼，被贬儋州。

他于绍圣四年（1097年）四月十七日接到命令，即于当月十九日离开惠州。由于时限紧迫，苏轼来不及收拾就匆匆上路了。惠州已是蛮荒之地，海南更是落后，属于最险恶、最蛮荒之所，素有“鬼门关”之称，毒蛇猛兽遍地，瘴疠疟疾流行，到儋州必是九死一生。

被贬儋州时，苏轼已经六十二岁了，他知道此生难以再回中原，就和家人在惠州诀别，并立下遗嘱交代了后事。他说到海南后，首先做棺材，再就是造墓穴，死后就葬在海南。临别之际，一家人“痛哭于江边，已为死别”。苏轼只身带幼子苏过前行，情形很凄惨。

苏轼被贬儋州的同时，弟弟苏辙也被再贬雷州，两人都被命接令即行，互不知情。五月，苏轼抵达广西梧州才知道弟弟已到广西滕州，于是兄弟俩相遇于滕州，同行至雷州。这是他们此生最后一次见面。

在儋州，苏轼过起了“食无肉、病无药、居无室、出无友、冬无炭、夏无寒泉”的生活。生活环境恶劣，但比此更恶劣的是人心！苏轼挂名“琼州别驾”，但朝廷并不发给他俸禄。当时的海南粮食靠大陆运输过去，因海潮的原因，粮食时常运不上岛，隔三差五断炊是常有的事。苏轼是犯官，又受弟弟苏辙的牵连，所以这里也没有官舍给他住。没有吃，没有住，没钱花，这还不够，朝廷还不允许官员同情帮助苏轼，谁敢违命就免职杀头。苏轼初到儋州时，当地官员张中热情款待他，和他常有往来，结果被免官，差点性命不保。

照这些条件来看，朝廷派苏轼到儋州不像是做官的，倒像是流放到海南的乞丐。可流放的罪犯还有地方住，苏轼连住的地方都没有。可想而知，当局就是要置他于死地。当地的黎族人民同情苏轼的遭遇，就帮助他在桄榔林建了五间茅屋，名曰“桄榔庵”，从此苏轼才有了住所。

当时的黎族类似于原始部落，中原人传说他们很落后凶残。苏轼走到他们中去，发现他们很淳朴，对朋友很是古道热肠。在黎族人眼里，苏轼不是应避而远之的罪臣，而是一位身居草莽的贵人。他们敬佩他有丰富的知识，同情他的生活窘迫，就时常给苏轼送来猪肉、木棉布和自酿的浊酒。

黎族百姓的淳朴热情，慢慢又点燃了苏轼的那颗赤子之心。当时黎族百姓缺水喝，喝的都是咸积水，容易生病。苏东坡经过多方寻找，终于在城墙东北角的一个地方发现了两个泉眼。他马上叫来村民，指导人们开泉凿井，从此黎族人民告别了没有水吃的日子，喝上了甘甜可口的泉水。这两眼泉水就是著名的双泉，也叫双井。如今，这口出水的泉眼还保留在五公祠内，名为“浮粟泉”，有“海南第一泉”的美誉。

黎族人以打猎为生，苏轼就劝他们积极垦荒，学习耕种，他还热情洋溢地写下了《劝农诗》。他帮助人们改进农具，促使当地百姓养成了耕作的习惯，在一定程度上改善了生活。由于当地生产技术落后，导致人非常迷信，患病时没有医生，就靠术士看病，唯一的治病方式就是杀牛祭神。苏轼决心改变这样的状况，就亲自到乡野采药帮老百姓治病。他还考订药的种类，撰写医学笔记，为当地人探索出了治疗疾病的药物。

苏轼没来海南之前，当地没有出过一个真正的读书人。他来海南后，将中原的文化传播到当地，培养了海南第一位举人姜唐佐、第一位进士符确。此后，海南人在科举考试中屡有斩获。

初到儋州时，苏轼曾感觉自己是到了一个非人所居之地。物质生活条件的匮乏，自然生活环境的恶劣，再加上远离故土没有朋友往来，使苏轼的心绪非常低落，无边的孤独和落寞向他袭来。但他很快做出了调整。他唱和陶渊明的诗词，与海峡对岸的弟弟苏辙互通书信，还经常到寺庙、道观和村落街市转悠，与当地人交往。他的心灵又逐渐恢复了平静，慢慢地融入了当地的环境。

苏轼是个“上可以陪玉皇大帝，下可以陪卑田院乞儿”的人，在他眼里天下没有一个不是好人。他和当地的山野村夫在一起，与他们共话桑麻乐事。他还经常带着一条海南种的大狗“乌嘴”，到处闲逛。有一次，苏轼在路上遇见一位七十多岁的黎族老太太，就问她：“世事如何？”老太太答：“世事如一场春梦耳。”苏轼以为她没有听清，就又重复再问：“世事如何？”老太太再答：“翰林昔日富贵，一场春梦！”这话正说到苏轼的心坎里，他十分佩服老妇人，觉得自己比不上她。此后苏轼就称她为“春梦婆”。

苏轼住处不远住着黎人黎子云兄弟，他们常和苏轼喝酒交往。有一回苏轼酒后归来恰好途中遇雨，他就向附近的农妇借了当地的椰笠和木屐穿戴上回家。一路上，妇女和孩子们看到他的怪模怪样，不禁哈哈大笑。有人还据此画了一幅画，叫《东坡笠屐图》。

有一回苏轼到朋友家喝酒，喝得醉醺醺的，找不到回家的路。他就向人打听，有人告诉他：“你家在牛栏的西边，你顺着路上的牛粪走就能到家了。”苏轼把这段经历写进了诗里：

半醒半醉问诸黎，竹刺藤梢步步迷。
但寻牛矢觅归路，家在牛栏西复西。

还有三四个扎着总角的黎家儿童，他们吹着葱叶做成的口哨，跟在苏轼后面追着跑着。苏轼很开心，觉得自己眼前的生活情景与孔子及其弟子在沂水边的风情差不多。他在诗中写道：

总角黎家三四童，口吹葱叶送迎翁。
莫作天涯万里意，溪边自有舞雩风。

当年孔子与弟子谈论各人的志向。曾皙说："暮春者，春服既成；冠者五六人，童子六七人，浴乎沂，风乎舞雩，咏而归。"孔子大加赞叹。如今苏轼带着三分醉意，徜徉在溪边，有三四个黎家儿童跟着，叽叽喳喳的，这不正是孔子向往的情趣吗？

尽管苏轼在海南的物质生活条件很差，但他却过得越来越有兴致。余秋雨在《天涯故事》中提到：苏东坡病弱，喝几口酒，脸红红的，孩子们还以为他返老还童了。有时他没酒喝了，没米吃了，就到邻居家借，菜没了就到邻家菜园里拔，他已俨然和当地黎家人亲如一家人了。难怪苏轼要说"我本儋州人，寄生西蜀州"，愿意"借我三亩地，结茅为子邻。二舌倘可学，化为黎母民"。

在儋州，苏轼因地制宜地创建了他的自我保健方法：旦起梳头，中午坐睡，夜晚濯足。在黄州时，苏轼完成了父亲的遗愿，作《易传》九卷，自己又作《论语说》五卷。在惠州、儋州时，苏轼对此进行了补充和修注。流放岭南时，他还作《书传》十三卷、《志林》五卷。

在儋州，没有纸墨，苏轼就自己动手做，为此差点把房子烧了。他还精研茶道，用活水煎茶。他制出的茶，茶汤细白，茶叶翠绿，清香四溢。

那些妄图置苏轼于死地的奸佞小人们，他们没有想到，他们精心经营的流放生活，不但没有打垮苏轼，反而成就了苏轼的辉煌。《风月堂诗话》中对其评价是："东坡文章至黄州以后人莫能及，唯黄鲁直诗时可以抗之。晚年过海，则虽鲁直亦瞠乎其后矣。"人生的困厄成就了苏轼艺术上的成熟。

本来苏轼以为自己会葬身南荒，永不会再回中原，谁知道世间事就是那样的难以预料。年轻的宋哲宗病故，由于没有子嗣，就由他的兄弟宋徽宗继位，于是大赦天下。遇赦时，苏轼在海南岛正好被稽留三年零八天。元符三年（1100年）六月二十日，苏轼渡海北上，此时写下这首《六月二十日夜渡海》：

参横斗转欲三更，苦雨终风也解晴。
云散月明谁点缀？天容海色本澄清。
空余鲁叟乘桴意，粗识轩辕奏乐声。
九死南荒吾不恨，兹游奇绝冠平生。

“九死南荒吾不恨，兹游奇绝冠平生。”如果不是被流放到这人迹罕至的蛮荒之地，我又怎么能领略到这样瑰丽奇绝的景致呢？在最危险、最艰难、最困顿的日子里，苏轼都能让老天笑出声来。他没有怨天尤人，而是用一份超然的气度和博大的胸襟，从积极的方面看待问题。这种凌驾于一切成败祸福之上的豁达态度，成就了苏轼的伟大和不朽，使他成为笑到最后的人。

面对前来送别的黎族父老，苏轼恋恋不舍，深情地和他们作别，并写下了一首《别海南黎民表》：

我本海南民，寄生西蜀州。
忽然跨海去，譬如事远游。
平生生死梦，三者无劣优。

知君不再见，欲去且少留。

苏轼已俨然把海南当做自己的故乡了。他在海南得到了当地黎族同胞的关怀和爱戴，这使他感受到了故乡般的温暖，因而他甚至怀疑自己本来就是海南人，阴差阳错寄生到蜀地去了。在海南生活三年，苏轼毫不悔恨，他把这当成了他一生最奇绝、最难以割舍的生命历程。

其实人生在世哪有一帆风顺？一帆风顺只是美好的祝愿而已。人生总得一搏，在风雨中摸爬滚打，奋力抗争，这样才能站起身成为一个“人”字。苏轼的经历告诉我们，只有积极面对生活中的困难，才能真正体会到人生的滋味。今日的人生坎坷，或许就是你明天成长的财富。不怨天尤人，正视现实，积极面对，才不辜负这仅有的生命！

/儋州：青山一发是中原

其一

倦客愁闻归路遥，眼明飞阁俯长桥。

贪看白鹭横秋浦，不觉青林没晚潮。

其二

余生欲老海南村，帝遣巫阳招我魂。

杳杳天低鹘没处，青山一发是中原。

——《澄迈驿通潮阁二首》

宋哲宗驾崩后，宋徽宗在向太后的支持下继位，他大赦天下，下诏让苏轼迁至大陆广西的廉州安置。当年的四月二十一日，宋徽宗的儿子出世，推恩天下，于是苏轼又被安排任舒州团练副使，准许在永州居住。六月，苏轼离开儋州。从六十二岁到六十五岁，苏轼在儋州度过了整整三年时间。

在儋州的三年时间里，苏轼和当地的黎族百姓结下了深厚的友情。黎族同胞纷纷前来为他送行，而苏轼对他们也很恋恋不舍，临别时，他写下来“九死南荒我不恨”的深情诗句。原本苏轼以为会老死海南，他实在没有想到有生之年还能生还大陆。虽说故乡对于他这样的流放之人来说是遥不可及的梦，但对故乡的眷恋之情，苏轼丝毫也没有减弱过。在告别海南返回大陆时，他在海南岛澄迈县登通潮阁写下这两首诗。

“倦客愁闻归路遥，眼明飞阁俯长桥。”苏轼站在通潮阁上遥望大陆，愁绪万丈，回归的路途杳杳茫茫，不知何时才能迈上故土。这里苏轼自称“倦客”，字面意思是一个疲惫的羁旅之人，其实也深含着苏轼对政治斗争的厌倦。他原本是一书生，只因有着绝世才情，在朝堂之上说了几句肺腑之言，便屡遭排挤打击，甚至将他逼至没吃、没喝、没住的绝境。

人的一生能有多少美好年华呀，苏轼的一生几乎全在贬谪流放中度过。如今他已经垂垂老矣，是个年迈的老人，他已经厌倦了朝堂的尔虞我诈，他已经厌倦了天涯羁旅，他只想有一方清宁之地安度余下的时光。他渴望回归大陆，可大陆的政治环境让他忧虑，同时他也忧虑自己年迈的身体能否平安抵达故土。“愁闻”更深一层的意思是，连听起来也发愁，那么他登上通潮阁举目北望家乡，会是怎样的百感交集呢？迫切地想回家，又不敢回，这样的矛盾纠结着苏轼的心。

但他很快被眼前的美景吸引：飞檐四张的通潮阁下便是长桥，长桥的另一端通向朝思暮想的大陆。“贪看白鹭横秋浦，不觉青林没晚潮。”江边有白鹭之类的水鸟飞来飞去在寻找食物，望着这些自由飞翔的白鹭，不知不觉地到了傍晚，心中望乡的愁思也被暂且搁置下来。这时晚潮上涨，水位提高，远处一片青葱的树林和深蓝的江水浑然成为一体，已经分不清哪是树林，哪是江水了。在这首诗中，苏轼的情感变化，从惆怅到苦闷，再到豁然开朗。

“余生欲老海南村，帝遣巫阳招我魂。”原本以为自己剩下的日子，将会在海南岛这个偏僻的地方度过了，甚至也做好了葬身海南的准备，没想到此时朝廷又将我召回大陆。这两句写苏轼意外获命归还的惊喜。

对于苏轼这样的被流放、被管制的官员来说，故乡是不可触摸的梦，他不敢登高家山北望，只怕那一望便会泪水汹涌。现在他终于接到朝廷的诏书，他终于等来可以回归故土的消息。“杳杳天低鹘没处，青山一发是中原。”登高北望，天空幽远，在那高飞的鹘鸟逐渐消失的天际，在那连绵的青山犹如一丝纤发的地方，就是我热望的中原，是我遥远的故乡啊！

这两句诗以远渺之景抒写对故乡的怀念之情，情感炽热绵长，表达了诗人殷切思归却忧愁路远的心情。“青山一发”四个字，承载了苏轼不尽的寄托和不解的惆怅。大陆依稀在望，只需跨过这一湾浅浅的海峡，便是故乡……

苏轼六月二十日渡海，九月到达广西郁林，这时他接到了学生秦观病死滕州的噩耗。对秦观的死，苏轼极度哀痛，他失声痛哭，两天不能进食，他哀痛道：“少游已矣，虽万人何赎！”在“苏门四学士”中，秦观最受苏轼器重，然而苏轼一生屡遭贬谪排挤，秦观便首当其冲遭到牵连，因而他一生仕途暗淡、郁郁不得志。秦观死后，苏轼将他的词句抄写在扇面上，以寄哀思。“郴江幸自绕郴山，为谁流下潇湘去。”秦观一生以结识苏轼为荣，即便是为他遭流放贬谪也在所不惜，情愿追随他而去。面对秦观这样的一份深重情感，他的死对苏轼的打击是可想而知的。就在秦观死后第二年，苏轼也在常州病故。

在北归途中，苏轼的心情是复杂的。经过大庾岭时，苏轼遇到一位老翁。那老翁听说是苏轼一行人，就上前对他行礼说："我闻人害公者百端。今日北归，是天佑善人也！"苏轼笑了，他非常感谢老翁，就写了一首《赠岭上老人》：

鹤骨霜髯心已灰，青松合抱手亲栽。
问翁大庾岭头住，曾见南迁几个回。

这首诗有世事沧桑之感，也凝聚着苏轼无限的愤慨，像他这样的元祐旧臣，在经受了党争的残酷折磨后，大多已死去。虽然他有幸活着北归，但是生活却没有着落。空有满腹诗情才华，一生为国为民忧虑，到头来却"人老家何在"？

宋徽宗亲政后，他贬黜了苏轼的政敌张惇，这倒并不是因为宋徽宗不满张惇的"专图报复，屡兴大狱"，而是因为章惇曾反对他继位。去了一个小人章惇，宋徽宗又重用了另外的奸臣童贯和蔡京。面对黑暗的朝廷，苏轼已是不愿意再靠近京城一步，他决意留在常州。

苏轼同朋友一同游览金山寺时，看到寺中有大画家李公麟所画的苏轼像。苏轼观像有感，题诗道：

心似已灰之木，身如不系之舟。
问汝平生功业，黄州惠州儋州。

那些迫害苏轼的人，以为把他流放到最偏远蛮荒的地方就可以置他于死地。他们没有想到，苏轼一生最引以为豪的功业就立在黄州、惠州、儋州。如果没有流放黄州，苏轼的诗歌也不会成熟到浑然天成的地步，也就不会有今天我们仍津津乐道的“东坡肉”“东坡羹”“东坡茶”……如果没有流放惠州、儋州，说不定当地百姓的生活还会再落后很多年，正因为苏轼去了，才使得当地的百姓生活有了改观；他为他们寻医问药，他为他们寻泉凿井，他为他们改进农具……哪里有苏轼，哪里的百姓就有了福音。

“青山一发是中原”，在岭外流放七年的苏轼，得以回归中原是什么样的感觉？他以为他还能为朝廷做一些事情，然而他回归后所看到的朝廷和以前并没有什么两样，所以他刚刚燃烧起的心，又熄灭了。“心似已灰之木，身如不系之舟。”平生能活着回归中原已是造化，这样的垂老年纪还是寻一隅清静之地颐养终年吧。再三考虑之下，苏轼决意定居常州。

《梁溪漫志》记载着这样的一则轶事：苏轼的朋友邵民瞻在宜兴协助他买了一所房子，花了五百缗钱。对于长期流放，没有俸禄，且缺衣少食的苏轼来说，这五百缗钱是他所有的积蓄。苏轼准备选择吉日搬进新居，一个月夜，他和邵民瞻散步到一个村落，听见有农妇痛哭，就询问缘由。原来她的祖宅被不肖子所卖，因而伤心痛哭。经打听后，才知道正是他所买的那所房子。于是苏轼对老妇说：“妪之旧居，乃吾所买。不必深悲，今当以是屋还妪。”苏轼当场烧毁了房契，又叫其子接母回旧居，五百缗钱也没要他还。最终，苏轼还是借他人之屋居住。

苏轼从二十岁开始离开祖籍地眉山，来到京师寻求他的济世经国之路。他遇到了欣赏他的伯乐欧阳修，一举成名天下知。然而，他却因率真、耿直，说了一些“不合时宜”的话，而屡遭小人排挤打击，一路流放，直至天涯海角的南荒。

他的大半生在贬谪中度过，却始终没有忘记他的朝廷。当苏轼在遥远的南荒登高远眺，北望家山，写这一句“青山一发是中原”时心里是什么样的滋味？隔着千年的时光，我们仿佛能看到苏轼在风中凌乱的如霜白发，还有他泪流满面的沧桑面容……

第七卷|天才苏子

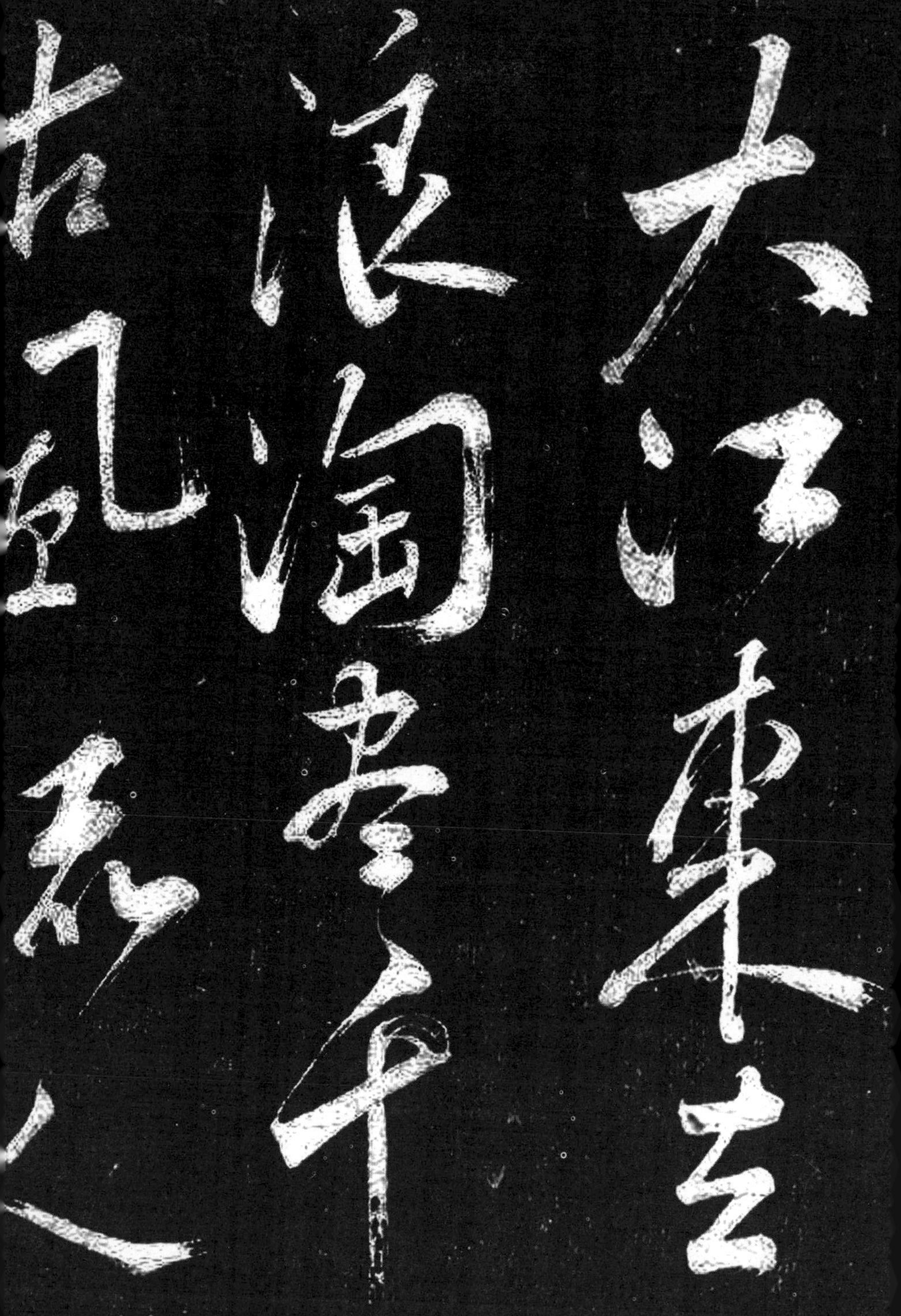

宋•苏轼书《念奴娇•赤壁怀古》拓本局部

/诗：竹外桃花三两枝

竹外桃花三两枝，春江水暖鸭先知。
蒌蒿满地芦芽短，正是河豚欲上时。

——《惠崇春江晓景》

记得小时候，家里有一把折纸扇，扇面上画的是几根翠竹掩映着三两枝桃花，翠竹根下是冒着尖尖芦芽的蒌蒿，有一对野鸭舒展着双蹼，在一江荡漾的春水中游弋。那是一幅水彩画，淡淡的几笔线条，就将画面勾勒得栩栩如生。画的左上角还有一首题诗，写的就是苏轼这首《惠崇春江晓景》。

那是我第一次接触苏轼的诗，尽管当时诗中的字我还没认全，但那幅清新优美的画面，深深地吸引了我，以致我迫不及待地要背下那首诗。《惠崇春江晓景》是一首著名的题画诗。年少的我并没懂得这首诗的妙处，长大后才体会到一句“春江水暖鸭先知”是多么美妙传神，因为画家没法画出水温冷暖，但整个画面却因这句诗而更加富有情趣。

更为高妙的是，苏轼用富有幽默感的想象看到了画外的意境。他用画上并没有的“河豚欲上”来点染初春的气息，深化画中的意境。如果说惠崇的画是“画中有诗”的话，那么苏轼的这首诗便是“诗中有画”了。

我想，读到这首诗的时候，许多人一定和我一样，会不自觉地莞尔一笑。是呀，有谁会拒绝春光的美好？我们在读着诗的同时，心就已经被春光烂漫开来了。

惠崇是苏轼的好友，善画鹅雁鹭鸶、寒汀远渚等小景。可惜画已不传。倒是苏轼，他用这首题画诗复活了惠崇，同时也复活了惠崇的画作。“知人论诗”，这首诗是苏轼因“乌台诗案”被贬黄州，继而复出登州时所作。一年前的苏轼还在流放地黄州自耕，处于人生的低谷，他原本想“乌台诗案”能保住性命已算万幸，哪敢奢望能够复出？而这次命运出现的转机，让苏轼重新燃起了希望。所以，惠崇这幅再普通不过的画，在苏轼的眼中却充满了生机。

是呀，春天来了，万象更新，国家也政局急转，改元在即。朝政新替，这不正是实现自己政治抱负的大好时机吗？整首诗浅显易懂，明白如话，蕴含了诗人命运改变之时“只能意会”的欣喜之情。即便是不识字的人，听了这首诗，也能感受到其中的欢欣快乐。

能够做到“画中有诗，诗中有画”的人，除了王维就是苏轼。王维能诗善画通音律，那么苏轼更是文艺全才。他除了诗文著称于世，其书法和绘画造诣也是登峰造极。我们常说，这样的人是千年难遇的天才，然而天才的造就也都有后天因素的。

苏轼有严父慈母，所以他从小就得到了良好的家庭教育。所有伟大不朽的人物，都有个了不起的母亲，苏轼也不例外。

苏轼的母亲程夫人出自书香门第，因而苏轼的母亲知书识礼，能够给他很好的启蒙教育。《宋史 · 苏轼传》中记载了这样一件事：

苏轼十来岁时，他的母亲教她读《后汉书·范滂传》。范滂是东汉时期著名的政治家，因查办贪官污吏铁面无私而遭人陷害。他被判处极刑。临刑前范滂与母亲诀别，他说："我对不起您，我就要跟随父亲到九泉之下，以后只能靠弟弟为您尽孝了。生者和死者各得其所，只求您放下难以割舍的亲情，不要悲伤。"范滂的母亲深明大义，对他说："你今天能够与忠义之臣齐名，死有何憾？既然享有美名，又要求得富贵长寿，岂能双全？我支持你为理想和正义舍弃生命。"

苏轼读了这个故事，感慨万千，他激动地站起来问母亲："如果我也要做范滂这样的人，您同意吗？"苏轼的母亲平静地答道："如果你能做范滂，我难道不能做范滂的母亲吗？"

苏轼一生光明磊落，爱憎分明，即便是遭遇万难，也百折不回。我想，这与他母亲对他的教育有很大关系。正是因为苏轼有一个深明大义的母亲，给了他潜移默化的熏陶，才能形成他令人崇拜的人格魅力。

苏轼因为正直屡遭当权派的排挤，即便是在贬谪途中贫困加身，也还能够做到仗义疏财。他的这种个性形成，应该和母亲的仁慈善良有关系。苏轼家的庭院里种满了各式各样的草木，引来很多小鸟栖息筑巢。他母亲担心孩子们调皮，会伤害小鸟，于是下令严禁捕鸟。有了良好的生存环境，苏轼家的鸟儿于是越来越多。苏家兄弟和他们的小伙伴们常常围在鸟窝边，他们逗弄小鸟，给他们喂食。苏轼的《异鹊》诗中有童年这段往事的场景描写：

昔我先君子，仁孝行于家。
家有五亩园，么凤集桐花。
是时乌与鹊，巢鷇可俯拏。
忆我与诸儿，饲食观群呀。

一个对鸟禽动物都有着无比爱心的人，一定是个善良的人。只有心存良善的人，他的作品才会表现出宽厚、仁慈、博大。苏轼的作品正是因为具有这样的美好品质，才会博得人们的喜爱，以致流传千年不衰。

一个杰出的文人，光有丰富的精神世界还不够，还必须要有良好的文学素养。只有这样才能将自己的内心世界表达出来，也才能让他的思想情感与世长存。慈母给了苏轼丰富的精神世界，那么严父则培养了苏轼扎实的文化功底。

苏轼晚年曾做过一个梦，他梦见了小时候父亲监督自己读书的情景。他在《夜梦》诗中写道：

夜梦嬉游童子如，父师检责惊走书。
计功当毕春秋余，今乃初及桓庄初。
怛然悸悟心不舒，起坐有如挂钩鱼。
我生纷纷婴百缘，气固多习独此偏。
弃书事君四十年，仕不顾刘书绕缠。
自视汝与丘孰贤，易韦三绝犹然仙。

如我当以犀革编。

苏轼在诗中写了自己小时候因为贪玩而没有完成学习任务的事。他因为担心父亲检查作业，就提心吊胆心里不踏实，感觉自己像嘴里挂了鱼钩的小鱼一样焦虑不安。

苏轼晚年被贬谪海南岛，过着清苦艰辛的生活。在这样的情况下，他还梦到小时候读书的事，可见父亲严格教导给他的印象之深。

除了父母悉心教导之外，苏轼还是个勤于学习、善于学习的人。他曾经将一百卷的《汉书》手抄三遍，一遍近七十五万字。这得要多大的决心和毅力呀！正是下了如此深的功夫，苏轼才能够将很多典籍倒背如流。

苏轼曾是皇帝的机要秘书，为皇家起草诏书。明朝人姜南在《风月堂杂识》一书中记载了这样一则故事，说的是洪迈做翰林苑待诏。有一天洪迈为皇帝草拟诏书，那天从早到晚竟然写了二十多篇，非常忙碌。完事后他问身边的太监："当年苏东坡苏学士，都说笔头快，也有这么快吗？"那个太监点点头说："苏学士敏捷，也就这么快了。不过他写诏书时，从来不像您要翻这么多典籍。"这个小故事说明苏东坡之所以用典自如，信手拈来，那是有很深的文化功底的呀。

苏轼除了勤奋学习，他还擅长学习。他发明了八面受敌读书法，也就是将书分主题阅读。这样，每读一次都围绕一个中心通读，读几遍就相当于读了几本不同的书。这样一来，一本书还有什么理由读不懂、读不透呢？

正是有了良好的家庭教育，自身又聪明勤奋，才造就了一代天才。这难道不能给我们今天的教育以启示吗？

因此，我们在赞叹某人是天才的时候，应该想到别人一定是付出了常人看不见的努力。就像我们今天再读苏轼的《惠崇春江晓景》，当我们为他的才华所折服时，应该想到苏轼之所以如此才华横溢，是因为他的心中藏有万卷书呀。

/词：似花还似非花

似花还似非花，也无人惜从教坠。抛家傍路，思量却是，无情有思。萦损柔肠，困酣娇眼，欲开还闭。梦随风万里，寻郎去处，又还被、莺呼起。

不恨此花飞尽，恨西园、落红难缀。晓来雨过，遗踪何在，一池萍碎。春色三分，二分尘土，一分流水。细看来，不是杨花点点，是离人泪。

——《水龙吟·次韵章质夫杨花词》

苏轼这首《水龙吟》的创作时间有两种说法，一种认为是作于宋哲宗元祐二年（1087年），当时苏轼在汴京任翰林学士；还有一种认为是作于宋神宗元丰四年（1081年），当时苏轼谪居黄州。究竟作于何时已经不重要了，重要的是这首词本身的艺术魅力。

苏词以豪放著称，但苏轼也作婉约之词，且能将婉约之情寄于豪放之中。这首词就是苏轼婉约词中的经典之作。当时苏轼的好友章质夫曾写咏杨花的《水龙吟》一首，章质夫笔下的杨花形神兼备、笔触细腻，达到了相当高的艺术水平，广受当时文人的推崇和赞誉，曾盛传一时。原词是这样的：

燕忙莺懒芳残，正堤上杨花飘坠。轻飞乱舞，点画青林，全无才思。闲趁游丝，静临深院，日长门闭。傍珠帘散漫，垂垂欲下，依前被风扶起。

兰帐玉人睡觉，怪青衣，雪沾琼缀。绣床渐满，香球无数，才圆却碎。时见蜂儿，仰黏轻粉，鱼吞池水。望章台路杳，金鞍游荡，有盈盈泪。

苏轼对这首《水龙吟》也很喜欢，就用章质夫原词的韵和了这首《水龙吟·次韵章质夫杨花词》寄给他。苏轼特意告诉章质夫不要给别人看。章质夫慧眼识珠，对和词赞赏不已，就不顾苏轼的特意相告，赶快送给他人欣赏，于是苏轼这首咏杨花佳作才得以传世。

词一向以咏物为难，张炎在《词源》中说："诗难于咏物，词为尤难。"章质夫的词已经将杨花的神态描摹得很精妙，成为一时传诵的名作。苏轼步韵填词，从形式到内容，必定受到原词的约束和限制，因此和韵要超越原词的艺术高度实属不易。但苏轼却举重若轻，用拟人的手法，赋予杨花以形神，真正做到了"借物以寓性情"，成为咏物词史上"压倒古今"的名作。

"似花还似非花，也无人惜从教坠。"这一句道出了杨花的性质和际遇。杨花虽然名字也叫花，但是它和人们普遍认识的花不同。它无色无香，随风飘零，实在很难和人们印象中的花相比拟，所以苏轼说它"似花还似非花"。

平常所见的花，不是色香就是形美，所以它们的凋零总能引起人们的怜惜和感伤。而杨花不同，它无色无香，并不引人注意，所以任凭它怎样飘零坠落也没有人在意。

人们常用“水性杨花”形容人的感情不专一，但是杨花在苏轼的笔下却是“抛家傍路，思量却是，无情有思”。杨花随风飘零，离开家园，最后零落在路旁。这并不是杨花的无义，而是风的无情。杨花对家园也是恋恋不舍、不肯离去的，只是杨花的命运如此，这实在是无可奈何的事呀。杨花的这种命运，又何尝不是那些宦游在外人的命运呢？

苏轼信中说，因为章质夫出任外官，远离家人，所以自己“闭门愁断，故写其意”作了此词。因此，写杨花也就是写宦海漂泊的章质夫，其实也是写苏轼自己。苏轼一生，或贬谪，或宦游，走遍大半个中国。他自从出了故乡眉山以后，就再也没有回去过，所以他对此有着真切而深刻的体验。

如果说杨花有思，那么它的情思应该是和游子一样，思念自己的家。对杨花来说，它的家就是它离开的那棵柳树。如果杨花是游子，那么柳树就是思妇。“萦损柔肠，困酣娇眼，欲开还闭。”那纤柔的柳枝，就像思妇满腹思绪的柔肠。那嫩绿的柳叶，犹如它的娇媚眼眸。它好像是春困未消，欲开还闭。

“梦随风万里，寻郎去处，又还被、莺呼起。”这一句化用的是唐朝诗人金昌绪的《春怨》：

打起黄莺儿，莫教枝上啼。
啼时惊妾梦，不得到辽西。

这几句化用《春怨》诗的意境，把柳树比喻成思妇，把杨花比喻成游子。游子在外漂游，家中的思妇怀人不归，以致思梦绵绵。柳树的情思大概也如此吧。她在梦中追寻千里万里，好像找到了心上人——那游子一样的杨花，可是刚要相逢，又被早起黄莺的啼叫声惊醒。女子“思君不见倍思君”的无限幽怨之情，不正如那杨柳对杨花的思念吗？杨花随风飞舞，却欲起旋落、似去又还，它又何尝舍得离开柳树？漂泊在外的游子，对故乡的眷恋又何尝不是如此呢？缠缠绵绵，欲去还回，却又不得不离。

词的上阕将杨花比喻成人，写出了杨花的特质情态，下阕与上阕呼应，主要是写杨花的最后归宿，感情色彩更加浓厚。

杨柳飞花时，则是暮春已到，灿烂春光，将不复重来。面对落花，人们总是感伤春的易逝，既然杨花不被人重视，所以即便它飞尽，也不会引起人伤春的愁绪。因此，词人说“不恨此花飞尽，恨西园、落红难缀”。

既然杨花飞尽，那么它到底到哪去了呢？词人告诉我们“晓来雨过，遗踪何在？一池萍碎”。原来早晨下了一场雨，杨花已经化作一池浮萍。古人都认为浮萍是杨花落水所化，这种说法没有科学根据，但在此处只作抒情用。

常言“春色满园”，春色是“万紫千红”，而苏轼却将春色分为三份，“春色三分，二分尘土，一分流水”。“二分尘土”是落花零落成泥，“一分流水”是指杨花落水化萍。从何处看出春色已尽？从落红满径看出二分尽，从杨花飘零看出一分尽。此处词人是由惜杨花进而惜春光。因残红零落、杨花飞尽，所以烂漫春光已不复存在了。

“落红不是无情物，化作春泥更护花。”落红是有情的，而杨花也是有义的，虽然它无奈地随波逐流而去，但是“细看来，不是杨花点点，是离人泪”。杨花的离去，并不是去追逐庸俗的物质享受，而是命运安排的无可奈何。它眷恋它的家园，却无法抗拒现实。风将它吹落，流水将它送走，可是杨花分明万般眷恋杨柳枝头。所以，那水中飘零的不是杨花，而是离人眼中的伤心泪。

这一句和上阕的尾句相呼应。上阕的尾句写离人的相思，这一句写离人的泪珠。是的，那在外漂泊的游子为了追逐心中的功名理想，不得不离开自己的家园，可他们何曾忘了自己的家园？就算他们离家万里，心中最温暖、最柔软的地方藏着的一定是家。或许有人以为他们能硬下心肠远离故土是淡漠无情，其实他们是没有看到游子人后的相思泪呀。

有唐人诗曰：“君看陌上梅花红，尽是离人眼中血。”苏轼在这里化用其意，表现得感情更加真挚饱满，蕴意也令人回味无穷。王国维在《人间词话》中评价苏东坡说：“东坡杨花词，和韵而似元唱；章质夫词，元唱而似和韵。”从苏轼的这首婉约词中，我们感受到了他情感丰富的内心世界，领略到了他旷达豪放中温情婉约的一面。

大凡诗词，“言气质，言神韵，不如言境界。有境界，本也。气质、神韵，末也。有境界而二者随之”。无论是一首曲子、一幅画，还是一篇书法作品，上乘之作都能表达出其中的意境，诗词也不例外，王国维在《人间词话》中也特别注重词的意境。

苏轼这首《水龙吟》和词高于章质夫原词的原因就是苏词的境界更高一层。苏轼在杨花词里倾注了自己的真挚情感，赋予了杨花“人”的思想情感，产生了强烈的艺术感染力，从而使这首《水龙吟》获得了永恒的艺术生命。

/词：卷起杨花似雪花

春牛春杖，无限春风来海上。便丐春工，染得桃红似肉红。

春幡春胜，一阵春风吹酒醒。不似天涯，卷起杨花似雪花。

——《减字木兰花·己卯儋耳春词》

相信每个读者读了这首词，都会觉得有一股和煦的春风扑面而来。这风中荡漾着暖阳的味道，荡漾着农人欢快的笑声，荡漾着一年中最美好的光景。那春牛、春杖，那春幡、春胜，还有那桃红、柳絮，都洋溢着令人陶醉的春的味道。

这首词是苏东坡被贬海南时所作，是一首咏春词。在词中，他以欢快的笔触描写海南绚丽的春光，寄托了他随遇而安的达观思想。千年前的海南，不同于现在的海南。现在的海南是旅游胜地，人们对它的自然风光是认同的，是喜爱的。当北国冰天雪地的时候，海南岛上正鲜花盛开。可这首词是伟大的文豪苏东坡在千年前所作，那时的海南岛还是被视为蛮瘴僻远的“天涯海角”之地，请问有多少人会喜欢蛮荒之地呢?

当时的海南岛是流放犯人的地方，所以即使有人偶有吟咏海南，也多半荒凉悲凄。而苏东坡此词却以欢快跳跃的笔触，突出了边陲绚丽的春光和充满生机的大自然。这在中国词史中，是对海南之春的第一首热情赞歌。

“春牛春杖，无限春风来海上。”第一句词，苏东坡就将无限春光送到读者面前。要知道宋朝时“春牛春杖”是中原地区才有的，海南人大多是黎族人，他们形同今天的原始部落。当时的海南，耕牛是靠大陆运送过去的，很珍贵。没有了耕牛，人们的生活更加艰难。

苏东坡到了海南以后，面对现实状况，他积极地帮助黎族人民找饮用水源，带领他们开源凿井，吃上干净的山泉水。海南人民很感激他，他们从内心尊重、爱戴这位命运多舛的智慧老者。

面对海南人原始的生活方式，苏东坡鼓励他们开荒种田，帮助他们改进农耕工具，将中原地区先进的生产方式教给当地的黎族人民。这种“春牛春杖”的场面一定是经过苏东坡的一番改造后才有的。当他看到黎族人民告别原始的生活方式，逐步走向先进的农耕社会时，他的心里油然而生“无限春风来海上”的喜悦之情。境界壮阔，令人胸襟为之一舒。

苏东坡初到海南时生活艰难，在当地人民的帮助下，他获得了暂时的稳定。也因此，他和当地百姓结下了深厚的友谊。源于这份深厚的情感，苏东坡也热爱着这片土地，所以他“便丐春工，染得桃红似肉红”，他祈祷春公，让海南的春来得更热烈、更奔放些！

“春幡春胜，一阵春风吹酒醒。”“春幡”即“青幡”，指旗帜。“春胜”是一种剪纸，又称剪胜、彩胜，剪成图案或文字，也是表示迎春之意。“一阵春风吹酒醒”，点明在迎春仪式的宴席上，春酒醉人，词人兴致勃发地在一片欢快中喝醉了，一阵暖风吹来，把他从醉酒的状态中吹醒。这里是酒醉人，春色醉人，春耕农忙的热闹景象醉人，富有浓郁的情趣。

“不似天涯，卷起杨花似雪花。”这一句是全词的点睛之笔。海南岛热带岛屿季风性气候，气候温暖，四季如春。在中原地区，立春时春草才开始萌动，初春时吐芽，仲春时桃花绽放，暮春时杨柳才开始飞花，而在南疆的海南，立春时桃花已和杨花同时绽放，这是中原地区看不到的景象。词人用海南没有的雪花，来比喻海南早见的杨花，旨在区别海南跟中原景色的不同，发出“不似天涯”的感叹。

海南四季如春，当地人从没见过雪花是什么样子。苏东坡这一句“不似天涯，卷起杨花似雪花”，其实也有对故乡的眷恋之情。他初到海南所见的是一片蛮荒，现在人们也像中原人一样忙于耕种，眼前这热火朝天的景象让他疑似在中原，而不是“天涯海角”的海南。眼前的桃红柳绿，会不会让他忆起杭州的西湖？眼前的杨柳飞花，会不会让他想起他又爱又恨的京师汴京？抑或这些让他想起了故乡眉山？或许眼前的景象会让他想起他走过的每一寸土地。

苏东坡被贬海南时已经六十多岁，年老体衰，长期的贬谪生活使他身染多病。他从内陆经过长途跋涉来到海南，能幸存下来已属不易。一般人面对多舛的命运，总会怨天尤人，忧怀感伤。在这首词中，苏东坡并没有像一般的文人骚客那样，有去国怀乡、忧谗畏讥的颓废之情，而是用欢快、真挚、热烈的情感去赞美海南，这反映了他随遇而安的旷达人生观。

苏东坡的这种旷达情怀，对旧时代知识分子影响很深远，对现代人的人生也有一定的指导意义，这也是苏词格调高出常人的地方。

/书：黄州寒食诗帖

其一

自我来黄州，已过三寒食。
年年欲惜春，春去不容惜。
今年又苦雨，两月秋萧瑟。
卧闻海棠花，泥污燕支雪。
暗中偷负去，夜半真有力。
何殊病少年，病起须已白。

其二

春江欲入户，雨势来不已。
小屋如渔舟，蒙蒙水云里。
空庖煮寒菜，破灶烧湿苇。
哪知是寒食，但见乌衔纸。
君门深九重，坟墓在万里。
也拟哭涂穷，死灰吹不起。

——《黄州寒食诗帖》

苏轼是北宋著名文学家、书画家，他和父亲苏洵、弟弟苏辙并称“三苏”，同列“唐宋八大家”。他的书法与宋代著名书法家黄庭坚、米芾、蔡襄并称“宋四家”。其代表作品有《治平帖》《黄州寒食诗帖》《洞庭春色赋》《前赤壁赋》《与谢民师论文帖》《天际乌云诗》等。《黄州寒食诗帖》是苏轼书法的代表作之一，非常典型地代表了“宋人尚意”的时代特色。

苏轼的书法早年学王羲之、王献之，其书“姿媚”，酒醉忘意之时，又呈现出“瘦劲”的特点；中年后学颜真卿、杨凝式，其书圆劲，而独以意韵和气骨取胜，最终形成自己挥洒纵横、飘逸自然、天真烂漫，以“意造”和“性情”为旨归的独特风格。历代对他的书法作品评价甚高。

苏轼平生酷爱写字，他把书法看成是“静中自是一乐事”。在他屡遭贬谪的寂苦岁月中，书法也成了他“聊寓其心，忘忧晚岁”的一种精神调剂。

苏轼早年便盛名于世，人们崇尚他的诗词、书画、文章，登门求之者络绎不绝，他习惯于随时挥洒，随手赠人，不计工拙，淡然处之。

《黄州寒食诗帖》将人的心境、诗的意味、书的形式和谐统一起来，是一幅不可多得的书法珍品。诗中真情实感自然流露，行笔之间书卷之气溢于行间，“出新意于法度之中，寄妙理于豪放之外”。通篇将他贬谪黄州后的抑郁失意之情，以及他的伤感、哀愁，倾泻于笔端。黄庭坚看了此帖后拍案叫绝，他说：“东坡此诗似李太白，犹恐太白有未到处。此书兼颜鲁公、杨少师、李西台笔意，试使东坡复为之，未必及此，它日东坡或见此书，应笑我于无佛处称尊也。”后人称苏轼这幅作品为“天下第三行书”。

苏轼的书法久负盛名，有关他书法的趣闻轶事有很多。

宋朝的《侯鲭录》里记录了这么一则轶事：有一天黄庭坚跟苏轼开玩笑说："以前王羲之抄写《道德经》跟道士换鹅，一时传为佳话，他的书法作品因此被人称作'换鹅书'。最近你的字也被人拿去换东西了。韩宗儒这人是吃货，每次拿到你的便条就到殿帅姚麟家换羊肉，以后你的书法作品可以称为'换羊书'了。"苏轼听了禁不住哈哈大笑，也不放在心上。后来有一回，苏轼在翰林院处理公务，韩儒林写了一封书简，派人送给他，想得到苏轼手写的回信。苏轼口头回复了回信，可就是不动笔写。被派来送信的人，站在庭下很着急，就不停地催促苏轼，讨要书面答复。苏轼笑着告诉差役："回去禀报你们老爷，今天不杀羊。"

从这件事情看，韩宗儒和苏轼的关系一定不一般，应该属于经常往来，还经常互开玩笑的那种朋友，否则他的差役也不敢对苏轼"立庭下督索甚急"。对于韩宗儒的性格，苏轼应该是很了解的，而且相处也应该是很融洽的，否则黄庭坚不敢贸然透露给他"书换羊"的秘密。正是因为朋友间相处和谐，苏轼才笑着说："今天不杀羊。"一句玩笑既让自己不耽误公事，同时还适时地揭开了秘密，不至于让韩宗儒过分尴尬。

殿帅姚麟是宋朝名将，史载他："沉毅持重，不少纵舍。"苏东坡才名震朝野，姚麟虽属名将，但一定与他不熟，否则以苏东坡毫不吝惜自己作品的性格，他一定可以轻易得之的。姚麟屡次用羊肉换取苏轼的字（还是信札），如此坚持不懈，说明他一定是酷爱书法，崇拜苏轼至极。

苏轼的《书〈黄泥板词〉后》也记录了一则趣事：在黄州时，某一天苏轼喝得大醉，就即兴作了《黄泥板词》，醒后就找不到书稿了，他也没放在心上。过了几年，有一天晚上他和黄庭坚、晁补之、张耒在一起闲谈，三个人在他家翻箱倒柜，无意中把失踪多年的书稿找出来了，字迹已经有一半模糊看不清，推敲了词意，才把词补全。张耒对书稿爱不释手，就抄了一遍，把抄本留给苏轼，自己把原稿带走了。第二天，苏轼收到了好友王诜的信，王诜说自己到处花钱买他的书画，刚刚又花了三匹缣帛换了苏轼的两张纸。他让苏轼有了新作一定要先送给他，不要再让他多花钱。读了王诜的一番抱怨话，苏轼猜到一定是张耒拿着那本破残书稿在他面前显摆了。为了不厚此薄彼，苏轼只好把《黄泥板词》又抄了一遍送给王诜。

《书杜介求字》中说苏轼的好友杜介曾拿着上好的纸张请苏轼题字，要求字不要写大了，否则一张纸写不了几个字，他要求字“多”。对此，苏轼开玩笑说：“若是严子陵看见这光景，一定会说我这是卖菜。”

这几个故事，除了说明苏轼的书法在当时广为人们喜爱之外，也还说明了苏轼性情洒脱不羁，与朋友真诚相处，是个非常率真可爱又俏皮诙谐的文人。

苏轼除了率真可爱之外，还很宽容体贴。据宋人周煇笔记《清波别志》记载，有一次苏轼审理一桩涉嫌欺诈的案件。嫌疑犯是一位穿着寒酸的年近六旬的老翁。税务官们查获他身上背的两个大包裹上赫然写着："翰林学士知制诰苏某封寄京师苏侍郎收。"意思是苏轼写给京城的弟弟苏辙的。税务官报告说，这两个包裹里装的全是上好的麻纱，并且沿途盗用苏轼之名偷税，意图带到京城贩卖牟利。

当老翁知道堂上主审官就是苏轼本人时，大吃一惊，无奈之下，他只好道出了实情。原来老者是福建的乡贡举人，准备进京参加进士考试，因为没有盘缠，亲戚朋友就筹钱买了当地的特产建阳纱，让他变卖用作盘缠。按照当时的官府规定，他一路上要交税，这样一来，到京城后他就所剩无几了。无奈之下，他就盗用苏轼的名义偷税。

面对这样一个老者，苏轼内心很是同情，他揭去包裹上的旧封，郑重提笔在包裹上写上："龙图阁学士钤辖浙西路兵马知杭州府苏某封寄京师竹竿巷苏学士。"接着他笑着对老者说："前辈，请放心，这回是苏知府送交苏学士的包裹了，即便是带到皇帝面前也没有关系了。"

第二年这个老者果然中了皇榜，他写信给苏轼表示感谢，苏轼对这件奇遇也甚是高兴。后来这位老者路过杭州时，还在苏轼家中小住了数日。

这个故事充满了温情，一个知府网开一面放走了其情可悯的偷税者，成就了一个新科进士。这种精神一如当年的欧阳修宽容苏轼编造典故一样，充满了人文，充满了对人才的怜惜。虽然说法不容情，情不能大于法，但是法是死的，人是活的，情可以将事做得合乎法规。而苏轼就是这样的一个让情合乎法规的人，他让人倍感人情的温暖，而不是刻板的伪道学，这也许就是苏轼广为人们喜爱的原因之一吧。

/画：诗画本一律，天工与清新

其一

论画以形似，见与儿童邻。
赋诗必此诗，定非知诗人。
诗画本一律，天工与清新。
边鸾雀写生，赵昌花传神。
何如此两幅，疏澹含精匀。
谁言一点红，解寄无边春。

其二

瘦竹如幽人，幽花如处女。
低昂枝上雀，摇荡花间雨。
双翎决将起，众叶纷自举。
可怜采花蜂，清蜜寄两股。
若人富天巧，春色入毫楮。
悬知君能诗，寄声求妙语。

——《书鄢陵王主簿所画折枝二首》

《书鄢陵王主簿所画折枝》是苏轼的两首题画诗，是苏轼用诗歌形式评论文艺作品的名篇。他在这两首题画诗中，关于“形似”的见解颇受后人注目。

第一首诗苏轼几乎全用议论，是他以“议论为诗”的一首代表作。宋朝的诗歌特点是喜在诗中说理，比如朱熹的“问渠那得清如许，为有源头活水来”“等闲识得东风面，万紫千红总是春”。但是如果不将哲理融于情景之中，读起来就令人觉得寡淡无味。苏轼的这两首诗，不但议论中肯独到，而且与情景描写配合有致，故能摇曳生姿。

苏轼在诗中认为，不管论诗论画，以“形似”为标准都是不对的。他认为，如果评价一幅画，单纯用“像”“不像”来作为评判标准，那么这种见识跟儿童差不多。

那么一首好诗、一幅好画的标准到底是什么呢？苏轼认为是“天工”与“清新”。

何为“天工”？顾名思义就是天做的工，不像是人做的工，也就是和自然融为一体，雕琢得不着痕迹。古语说：“既雕既琢，复归于朴。”就是这个意思。所以说，“天工”是艺术领域里顶级的技术。

再说“清新”。我们常用“清新之气”来形容文章，如朱自清的散文《春》，就有一种很明显的“清新”之气，这种“气”像清晨的风，像晨曦的露水，没有一丝人工刻意去雕琢的痕迹。

古人评画常以“气”分，如书卷气、山林气、王者气、霸气、拙气、仙气、逸气、隐者气、富贵气、脂粉气、浊气、俗气等。那么“清新”也是一种“气”，是苏东坡所喜欢的“气”，一种高雅的“气”。王国维对诗词的评价，最讲究意境，这个意境其实也是一种“气”。

一幅画的最高审美标准就是，是否画出了作品所要表达的意境。一首诗、一阕词的评价标准也是这样。苏轼认为，一幅画最重要的不是外形上画得是否像，而是是否画出了气韵。如李后主在《望江南》中写道："闲梦远，南国正清秋。千里江山寒色远，芦花深处泊孤舟，笛在月明楼。"这首词好就好在写出了南国清秋"清""寒"的意境，"笛在明月楼"更衬托了"孤舟"的寂寥孤独。其实，词境所渲染的不仅是李煜对故国的深切怀念，还有他作为亡国之君处境的无尽凄凉。这种意境的完美表达，就是这阕词的成功之处。

苏轼还主张以瘦竹喻幽人，以幽花喻处女。竹向来被人们予以高洁的品性，所以以瘦竹喻幽人最是恰当不过的。梅、兰、松、菊、石，一般也被喻以孤傲、高洁的品质。以花喻女子的手法，古今皆有之，是常用的一种表现手法。苏轼是文人画家，这位鄢陵王主簿应该也是文人画家，所以苏轼以物喻人的这种用意深远的表现手法，他一定是深表赞同的。

总的来说，苏轼在诗中所要表达的意思就是，绘画画的是生命，一花一草一木一石皆有生命、皆有灵魂。如果能赋予所画物件生命，那么就是一幅好画。

现实中，苏轼的绘画作品"尚简、尚写"，即他的作品外在表现形式简单，但蕴含着丰富的意蕴和内涵。他画的树木没有叶，只有躯干和枝条；他画的石头，只有一块怪石。他将物象极端简化处理，而将关注点放在本质上，注重借绘画表达内心的感受，这正是文人画重"意"的表现。苏轼曾自题其画："枯肠得酒芒角出，肺肝槎牙生竹石。森然欲作不可留，写向君家雪色壁。"这正是其画直抒胸臆的说明。苏轼书画的美学倾向，对元明清三代的绘画有着很大的影响。

苏轼的书画不仅对后世影响大，在当时苏轼的作品就有着广泛的知名度和影响力。

宋朝岳珂的《桯史》记载了这样一件轶事：有一天，黄庭坚请秦观等人欣赏当代大画家李公麟的《贤已图》。画的内容是六七个人围着盆子掷骰子，其中五枚已经停住，都是六点，只有一枚还在盆中旋转。画中有一个人趴在盆边，张口疾呼，其余的人都神情紧张地在一旁看着。人物形象惟妙惟肖，所有欣赏的人都赞不绝口。正巧苏轼走进来，他瞥了一眼说："公麟怎么说起闽语了？"大家听了他的话都愣住了，不明白什么意思。苏轼解释道："四海之内说'六'一般都闭口，只有闽语是张口。现在盆里的五枚骰子都是六，剩下的那个不知道是几，趴在盆边的那个人肯定在喊'六'，他的嘴巴张得那么大，这是为什么呢？"李公麟是安徽人，没有去过福建，也不会说闽南话。据说他对苏轼的这番评论，心服口服。这件事说明，苏轼对艺术真实性的问题，有着自己独到的深刻认识。

《春渚纪闻》中说了一则苏轼"画扇判案"的故事。

苏轼在杭州为官时，有一天有两个人一路打上公堂来了。原告是绸缎商，被告是制扇商。原因是，被告赊了原告价值两万贯钱的绸缎，到期了却没有还钱，于是绸缎商就将制扇商告到衙门了。苏轼问了制扇商不还钱的缘由，原来是制扇商父亲病故，办丧事有了不少债务，再加上当年杭州的夏天多雨，扇子都卖不出去，所以债上积债，他一时无力偿还。

听了原告和被告的陈述，苏轼觉得各有各的难处，如果按律判制扇商即刻还钱，那么他势必会家破人亡。如果不判制扇商还钱，那也有失公道。虽然说法不容情，但此事切实地关联着老百姓的实际生活。苏轼想了想，他有了一个两全其美的主意。

苏轼让制扇商拿来二十把扇子，他在扇面上挥毫泼墨，点染竹石花木，题写诗文，并签署上自己的名字。不一会儿工夫，这二十把团扇变成了二十幅东坡字画。苏轼告诉被告，让他按每把扇子一千文的价钱拿到市场上卖，然后将卖得的钱还给绸缎商。

这个消息传得很快，一时间仰慕东坡字画的人纷纷前来抢购，二十把团扇顷刻间销售一空。制扇商还清了债务，绸缎商的利益也得到了保护。

苏轼“画扇判案”的故事在民间也广为流传，颇为人们津津乐道。这个故事说明，苏轼断案公道不刻板，能寓情于理，切实保护老百姓的利益，帮助老百姓解决实际生活问题。他不是为了办案而办案，也不是为了执行法律而执行法律，而是处处以人为本，以保护老百姓的利益为准则。

一个人的才华为世所用，才会有价值，苏轼就是这样的人！他是老百姓眼中的好官，是老百姓心中的苏学士！

/文：天下大勇者，卒然临之而不惊

古之所谓豪杰之士者，必有过人之节。人情有所不能忍者，匹夫见辱，拔剑而起，挺身而斗，此不足为勇也。天下有大勇者，卒然临之而不惊，无故加之而不怒。此其所挟持者甚大，而其志甚远也。

夫子房受书于圯上之老人也，其事甚怪；然亦安知其非秦之世，有隐君子者出而试之。观其所以微见其意者，皆圣贤相与警戒之义；而世不察，以为鬼物，亦已过矣。且其意不在书。

当韩之亡，秦之方盛也，以刀锯鼎镬待天下之士。其平居无罪夷灭者，不可胜数。虽有贲、育，无所复施。夫持法太急者，其锋不可犯，而其末可乘。子房不忍忿忿之心，以匹夫之力而逞于一击之间。当此之时，子房之不死者，其间不能容发，盖亦已危矣。

千金之子，不死于盗贼，何者？其身之可爱，而盗贼之不足以死也。子房以盖世之才，不为伊尹、太公之谋，而特出于荆轲、聂政之计，以侥幸于不死，此圯上老人所为深惜者也。是故倨傲鲜腆而深折之。彼其能有所忍也，然后可以就大事，故曰："孺子可教也。"

楚庄王伐郑，郑伯肉袒牵羊以逆。庄王曰："其君能下人，必能信用其民矣。"遂舍之。勾践之困于会稽，而归臣妾于吴者，三年而不倦。且夫有报人之志，而不能下人者，是匹夫之刚也。夫老人者，以为子房才有余，而忧其度量之不足，故深折其少年刚锐之气，使之忍小忿而就大谋。何则？非有生平之素，卒然相遇于草野之间，而命以仆妾之役，油然而不怪者，此固秦皇之所不能惊，而项籍之所不能怒也。

观夫高祖之所以胜，而项籍之所以败者，在能忍与不能忍之间而已矣。项籍唯不能忍，是以百战百胜而轻用其锋；高祖忍之，养其全锋而待其弊，此子房教之也。当淮阴破齐而欲自王，高祖发怒，见于词色。由此观之，犹有刚强不忍之气，非子房其谁全之？

太史公疑子房以为魁梧奇伟，而其状貌乃如妇人女子，不称其志气。呜呼！此其所以为子房欤！

——《留侯论》

苏轼是诗、词、书、画、文多方面的全才，样样堪称大家，可以说冠绝天下。这篇《留侯论》是他在宋仁宗嘉祐六年（1061年）写的，是为答御试策而写的一批论策中的一篇。他根据《史记·留侯世家》的记载，以留侯张良在圯下受书，后来辅佐刘邦统一天下的事例为证，论述了“忍小忿而就大谋”“养其全锋而待其弊”策略的重要性。行文汪洋恣肆，纵横捭阖，雄辩而富有气势。

《宋史》称苏轼少时“颖悟绝伦”，很多书只读一遍就能记住全部内容，且终身不读二遍，被宋绶、蔡齐等著名学者称作“天下奇才”。据《瑞桂堂暇录》记载，当年苏洵的好友张方平出了六道题来考苏轼和苏辙，兄弟俩答题时，他躲在一旁窥视。拿到题后，兄弟俩各自思考，苏辙对题目有疑问就问苏轼，苏轼没说话，用笔管敲了敲书桌，意思是《管子注》。苏辙又指第二题，苏轼却把题目勾了，因为此题没有出处。六题答完后，张方平对苏洵说：“二子皆天才，长者明敏尤可爱。然少者谨重，成就或过之。”张方平的眼光很独到，后来苏轼和苏辙的命运果真如他所料。那么这两个性情不同的兄弟俩是怎样成长为天才的呢?

苏轼的祖父不识字，但是人品不凡，别人家喜欢储存大米，但是他祖父却以米换谷子。到了荒年时，他开仓济民时人们才明白，大米容易受潮生霉，而谷子不会。平时苏轼祖父喜欢与亲友席地而坐，饮酒放歌谈笑。有一回他大醉后，故意把一座庙里的一尊神像摔得粉碎，原因是那尊神像让全村人惧怕，庙里的人也时常以此向信徒们勒索钱财。苏轼的性情倒是与其祖父类似，他们同样的胸襟开阔，同样的存心纯厚。

苏轼的父亲苏洵，天性沉默寡言，禀赋颖异，气质谨严，思想独立。据说苏洵在二十七岁时才开始发奋读书，其实苏洵早年是读书的，只是个性刚烈，不服管教，痛恨那个时代的正式教育方式而已。

苏洵教导儿子们，文章要坚持淳朴自然的风格，不能沾染当时流行的靡丽华美之风，陷入雕词琢句的病态之中，强调文章要“得乎吾心”，写“胸中之言”。苏洵的写作观点和一向主张“文以明道”的欧阳修不谋而合。“三苏”也因此成了北宋古文革新运动的核心人物。在嘉祐二年（1057年）科考时，“三苏”文章名动京师，传遍天下，时人竞相仿效。曾巩说:“三人之文章盛传于世，得而读之皆为之惊，或叹不可及，或慕而效之。”

有了父亲的悉心教导，再加上苏轼悟性极高，在后来的实践中逐步形成了自己的写作风格。他认为，写文章大略如行云流水，何时行、何时止是无规矩法则可言的，文章的美并不在于修辞，只要作者情思美妙，能够真实精准地表达出来，其迷人之处与独特之美就会自然而生。也就是文章简洁、自然、轻灵、飘逸，读起来就不会索然无味，就是一篇上好的文章。

苏轼文章广为天下人传诵，不过他也是因为诗词文章而获罪。一生漂泊也和他的文字有莫大关系。“乌台诗案”因此，被贬儋州也是因此。

苏轼死后一年，朝廷建立了一块有名的“元祐党籍碑”。“元祐党籍碑”指的是宋哲宗元祐年间当政的三百零九人的黑名单，苏轼位列其中。碑上圣旨规定此三百零九人及其后世子孙永远不得为官，皇家子女也不得与此名单上诸臣之后通婚。这样的碑，全国各县树立，要让那些元祐党人千年万载永受羞辱。

宋徽宗崇宁五年（1106年）正月，天空忽然出现彗星，将皇宫文德殿的元祐党籍碑劈为两半。宋徽宗很害怕，以为这是上天降怒。这件事使苏东坡身后的名气越来越大。在他死后的前十年间，凡石碑上刻有苏东坡的诗文字词的，都奉令销毁，他的著作严禁印行，他在世的一切官衔都被予以剥夺。但是官府越是禁止，苏东坡的诗文在民间和海外越是盛行。

雷击石碑后五年，有个道士对宋徽宗说：曾见苏东坡的灵魂在玉皇大帝驾前为文曲星。宋徽宗信奉道教，对道士的话深信不疑，为此他很害怕，就急忙将苏东坡在世时的最高官爵恢复，接着又另封高位。对苏轼的诗文，皇家也以高价悬赏，每篇赏钱五万文。后来金国人占领汴京，将苏轼和司马光的书画手稿作为战利品收藏。

到了南宋赵构当政期间，他开始阅读苏轼的遗著，尤其是对他关于国事的文章，深为叹服。赵构敬佩苏轼的至刚大勇、谋国之忠，为了追念苏轼，就封他的孙子苏符为礼部尚书。这些举措，使苏轼身后的名气达到巅峰。

所有的这些，都是源于苏轼能坚守自己的政治主张，矢志不渝；还有就是他的诗文书画，在艺术上的卓绝之美。苏轼的道德人品和他的无与伦比的艺术成就，造就了一代伟大的文豪。

苏轼之所以能得到后世景仰，与他能忍常人所不能忍的品格有关。在长期艰苦的贬谪生涯中，他能旷达面对命运的困顿和不公，修炼自己的身心，为宋代文坛开创了独具一格的豪放派。

“天下有大勇者，卒然临之而不惊，无故加之而不怒，此其所挟持者甚大，而其志甚远也。”这句话既是写留侯张良，也是苏轼为自己写的座右铭。这也成了苏轼一生的写照。他正是以忍为大德，才造就一个词、文、诗、书、画多方面的全才。面对复杂人生，只有能忍才能成就大业，这对我们现代人何尝不是一个启示呢？

后记|永远的苏子

我对苏东坡的喜爱由来已久。是从童年时背诵他的诗词开始，还是从故事《苏小妹三难新郎》开始，我已无从知晓。但可以肯定的是，我对他的喜爱之情是愈久愈坚。

童年时，喜欢苏东坡的书画，说不出为什么喜欢，偶尔也会临摹一番。喜欢他《惠崇春江晓景》的题画诗，为那句“春江水暖鸭先知”莫名欢喜。一个“暖”字，总是让我联想起江南春的清丽盎然。喜欢《苏小妹三难新郎》中的他，那个幽默诙谐、带有几分孩子般淘气的苏东坡。尽管在故事中，苏东坡常被苏小妹打趣，也常被他的朋友调侃，但这丝毫不影响他大文豪的形象，反而使他的形象更为丰满，更为生动，更为有血肉。

苏东坡不是那种道貌岸然的道学模样，相反，他有一颗赤子之心，率真洒脱，不拘小节。孩子喜欢他，老人也喜欢他。用他自己的话说，“吾上可陪玉皇大帝，下可以陪卑田院乞儿”。正是源于他的这种乐天派的性格，苏东坡每到一处，都能备受人们欢迎、推崇。

上学时，读苏东坡的散文、诗词，越来越以为他是世间难得的天才。在文化界，古今可称为天才的无非是曹植、王勃、李白。但前三者都无法和苏东坡相比，因为苏东坡不仅文采不凡，还精通书、画、散文，他是美食家，是酿酒师，是水利工程师，是政治家，是建筑家……他是个不可多得的全才！

余光中说：出去旅游要和苏东坡一起，不能和李白、杜甫一起，因为李白不负责任，杜甫苦兮兮的，只有苏东坡很有趣。对余光中的话，我深以为然。李白出门游历十二年，回来后连自己的孩子都不认识，而苏东坡不会，他无论对亲情、爱情、友情还是乡情，都很真挚。他对亡妻王弗是"不思量，自难忘"，对弟弟子由是"但愿人长久，千里共婵娟"，对朋友是"醉笑陪公三万场，不用诉离殇"，对故乡是"回首送春拼一醉，东风吹破千行泪"。

杜甫的日子过得苦不堪言，虽然他在破旧的茅屋里发出"安得广厦千万间，大庇天下寒士俱欢颜"的呼声，表现了他忧国忧民的高尚情怀，但是他的生活缺少情趣和笑声。苏轼则不然，他在没吃、没喝、没住的情况下，还能让老天笑出声来。他每到一处，都能积极地帮助当地民众解决实际困难，帮他们改进农具，为他们做一些公益事业。他自己垦荒、建房，解决生存问题，在最艰难的日子里，他还能积极改善生活质量，发明了"东坡肉""东坡羹""东坡茶"……总之，和苏东坡在一起，不会没吃没喝，还会整天乐呵呵。

热爱厨房事业的男人，必定是有生活情趣的人，苏东坡就是这样的人。普通的食材，他能做出无比的美味，让今天的人们还在留恋他。他爱交游，上至王侯硕儒，下至山野村夫，他都能交上朋友。既然爱交游必有美酒相伴，在艰难的日子里，苏东坡自己酿酒。在被贬谪的时候，为了增强体质，他开始练习瑜伽，他是个忠实的瑜伽爱好者。

苏东坡是热爱生活、尊重生命的，是个人道主义者。这或许与他喜欢参禅有关。因为他喜欢参禅，所以他无论遇到什么样的艰难困苦，他总能旷达面对。被贬边远的蛮荒之地时，他能乐观地说："日啖荔枝三百颗，不辞长作岭南人。"被贬遥远的天涯海角时，他说："九死南荒吾不恨。"

或许是因为喜欢参禅的缘故，他总能参悟透世事沧桑，生死轮回。他感慨："世事一场大梦，人生几度秋凉。"他又说："长恨此身非我有，何时忘却营营。"最终他说："大江东去，浪淘尽，千古风流人物。"他告诉弟弟子由："人生到处知何似，应似飞鸿踏雪泥。"是呀，生命短暂，如白驹过隙，人生一世，草木一秋，既然活过一回，当不负年华，该如飞鸿踏雪一样，留下点痕迹。苏东坡做到了，在他人生处于最低谷的时候，他也没忘了著书立说，为《论语》《周易》等典籍做了注解，创作了大量的诗文书画，为后世留下了宝贵的精神财富。

苏东坡一生诗、酒、禅、肉、茶，雅俗共存，所以文人士大夫喜欢他，老弱妇孺也喜欢他。他书、画、诗、词、散文，样样出类拔萃，是难得的通硕大儒，其文学成就和父亲苏洵、弟弟苏辙并称为"三苏"，同列"唐宋八大家"之中。

林语堂说，一提到苏东坡，总会引起人亲切敬佩的微笑。我想，或许这些就是人们喜爱苏东坡的原因吧，又或许是这些促使我欲提笔为苏东坡写些什么的缘由吧。

在写作过程中，我参考了学术界苏东坡研究的部分成果和史料，如林语堂的《苏东坡传》，以及陈泽华主编的《苏轼》、范晓佩和张昊苏合著的《苏轼：率性本真总不移》，还有一些民间故事。感谢这些专家学者对苏轼的研究,正源于他们的潜心研究成果,我才得以顺利地走近苏东坡,了解苏东坡,然后写下一点微不足道的感悟。我知道,这些并不能完全反映博大精深的苏东坡,只能表现他的一点点光芒而已。

在写作的过程中,我被苏东坡深深地感染着,他不仅让我领略到了诗词的美妙,还教会了我怎样如他一样,旷达面对生活的挫折与困顿。或许这也是我写苏东坡的意义之一。

康震老师说:感谢苏东坡,是他,让我们在这个喧嚣忙乱的时代,依然能感受到一丝旷朗的清风迎面吹来。我说,感谢苏东坡,是他,让我们在这个浮躁茫然的时代,依然能寻找到生命的美好和意义!

吕远洋

2017年8月8日